L'Écriture du désastre

布朗肖作品集
MAURICE BLANCHOT

（法）莫里斯·布朗肖 著
魏舒 译　吴博 校译

灾异的书写

L'Écriture du désastre

南京大学出版社

❖ 灾异摧毁一切却在同时让一切保持原状。它并不会触及这些或者那些,"我"并不在它的威胁之下。而是如果借由赦免抑或置之一边,灾异可以威胁到我,它威胁到的是存于我之外的我,一个我之外的消极地成为他者的他者。灾异并无损害,它所威胁的是不可被触及的,我们不能判断它威胁的对象是近在咫尺还是远在天边,这种威胁的无限性已以某种方式摧毁了所有的界限。我们就在灾异边缘,却无法把它清晰定位在未来的某个时间点上:它总是已经发生的,但我们一直身处它的边缘,或受到它的威胁,所有说法都牵涉到未来,如果说灾异既不会永不出现,也不会了却一切。思考灾异(如果这是可能的话;但如果我们预知灾异就是思想的话,这将无法实现),也就意味着不再存在一个未来用于思考它。

灾异是分离的,即最为分离之物。

当灾异突然到来之时,它其实并未发生。灾异是其自身的迫近,然而,因为未来,那个我们用过去时的秩序来构建的未来,属于异灾,灾异总是把未来抽离出来或者是劝阻开。因此对于灾异而言,并没有未来的概念,因为没有它发生完成所需要的时间和空间。

❖ 他不相信灾异的存在,不论他活着还是死去。没有任何法则能与之相称,同时,有一种漠不关心,对于灾异的冷漠。夜,不眠之夜,这便是灾异,缺少黑暗的夜晚,亦没有光明将其点亮。

❖ 圆,沿着一条精巧而准确的延长线延伸下去,构成了一个永远都没有中心的圆。

❖ "虚假"的统一性,以及对"统一性"的模仿、对"统一性"的摧毁力,要比直接质疑它的摧毁力更大,至少直接质疑是无法成立的。

❖ 书中的书写会不会在被每个人读懂之时对它自己来说却是难以辨认的呢?〔雅贝斯(Jabès)难道不是已经基本上跟我们表达过这个意思了吗?〕

❖ 如果灾异意味着同星辰分离(衰落则标示着迷失,当偶然性之间的关系自高处戛然而止),这是应灾异之需而坠落。灾异才是法则,是最高法则抑或极限法则,是无法被编码的法则多出的部分:我们未被告知的命运到底是什么?灾异不会看我们,它是没有视觉的无限,它无法像失败或纯粹简单的损失那般被度量。

任是何物也都无法满足灾异,即纯粹的废墟中的毁灭与它并不相宜,同时,整体性之思又无法界定其界限:一切事物被损害、被摧毁,神和人重新走向缺席,虚无代替了一切,这一切同时太多又太少。灾异并非大写,它也许会让死亡变得徒劳无功。在将死亡取而代之的同时,它和死亡的跨度并不叠加。死亡有时候(也许错误地)会给我们这样的感觉,如果我们死去,即可避开灾异,且不用将自己委身于灾异——而"自杀将使我们解脱"的错觉也来源于此(然而意识到这是错觉并不会让错觉消失,也不能使我们回避它)。必须要通过强调它来削弱灾异的黑暗色调,这灾异将我们暴露于被动性的某种想法之中。相对于灾异我们是被动的,而灾异也许就是这种被动性,在此之上它永远地成为过去。

❖ 灾异安排着一切。

❖ 灾异:它不是已变得疯狂的思想,甚至也许都不是思想本身,后者总是承担着疯狂。

❖ 灾异将思考死亡这个避难所从我们手中剥夺:将我们从灾难性和悲剧性中劝止,使我们失去对一切意志与内在活动的兴趣,亦不再允许我们玩味这样的问题——为了识得灾异,你到底做过什么?

❖ 灾异是站在遗忘这一边的,那种不留一丝记忆的遗忘,对那些还未曾留下痕迹的静止不动的撤退,也许是无从记忆的,借由遗忘来回忆,它再次降临。

❖ "你是否为了解而遭受痛苦?"这是尼采提出的一个问题,前提是我们没有错误理解"遭受痛苦"这四个字:是一种承受,相对于全然看见和全然认识的处于撤退中的绝对被动性的"脚步"(否定)。除非认识将我们承载,将我们放逐,这认识并不是对灾异的认识,却是作为灾异本身,通过灾异而达成。我们被未知的无知驱使,但却并不相触,并不与其面对面,并由此不断遗忘。

❖ 灾异,是对微小的忧虑,也是随机性的最高主权。这让我们承认,遗忘并非否定性的,或者说,否定性并不会在肯定之后(被否认的肯定)来到,但是却和一种更古老的东西相关联,它来自从未被给予的远古时代的深处。

❖ 确认无误的是，相对于灾异我们死亡得太晚，而这却并不能让我们打消死亡的念头，这将诱使我们在避开总是太晚的时间的同时去承担不合时宜的死亡，只和作为复返的灾异相连。

❖ 永远都不会感到失望，并不是因为缺少失望，而是因为失望永远都是不充分的。

❖ 我不愿意说灾异是绝对的，相反地，它会让绝对迷失方向。它循环往复，以一种外在的让人觉察不到却异常剧烈的瞬时性，慌乱地流浪着，如同一个无法抗拒或意想不到的从决定之外来到我们脑海中的一个决心。

❖ 阅读，书写，就像我们生活在灾异的留意之下：暴露于没有激情的被动性之中。遗忘的兴奋。将要说话的人不是你，让灾异为你而说，要么借由遗忘，要么借由沉默。

❖ 灾异已经超越了危险，即使当我们处于……的威胁之下。灾异的特征是让人永远都只处于它的威胁之下，如同对危险的超越。

❖ 思考，这意味着把灾异命名为（叫作）某种思考之后的产物。

我并不知道我是怎么想到这里的，但是有可能我是思考到要和思想保持距离，因为想到了这样一个词：距离。但是一直探究到思想深处（这种底部的、边缘的思想），难道不可能仅仅是转换一下思想？从这里出现了这条指令：不要改变思想，而要重复它，如果这是可实现的。

❖ 灾异是一种馈赠，它赠予的是灾异本身：这就好像它超越存在和非存在之外。它并非降临（avènement，一切来临的事物的专有名词），这并不会发生，我甚至想都不会想这一点，除非没有这样的认识，或者说还没有具备这样的认识。这又会不会是那些没有到来的事物的来临呢？那些来临却没有来到的事物，存在之外的事物，仿佛漂流而来的？仿佛一次死后的灾异？

❖ 不思考：这，毫无保留地，极度地，在思想的痛苦流逝中。

❖ 他自言自语道：你不会自杀的，你的自杀会在你动手之前发生。或者说，他的死亡与死亡本身并不相配。

❖ 太阳下无边无际的空间并不是为了见证白昼,而是为了那些从星星中解脱出来的夜晚,那多重的夜晚。

❖ "要了解人类保持着怎样的节奏"——阿尔基罗库斯。节奏或语言。普罗米修斯说:正是在这样的节奏中,我被吸引住了。不断变幻的轮廓。那节奏到底是什么呢? 节奏的谜题背后隐藏的危险。

❖ 除非这样一种通过不停地梦见人类,直到梦见自己而最终抽象成存在(这些动机变成了这一存在的可以被辨认的符号)的纯粹节奏性动机的确切数目存在。(马拉美)

❖ 灾异并不是阴暗的,它从它可能和某人产生的一切关联中解放出来。我们通过语言来认识它,那从愉悦学问中诞生的语言。但是对于那些存在于思想之中,并说服我们保证其不被思考、以靠近我们来远离我们的人来说,灾异是未知的,一个未知的名词。只有暴露于消解孤独并超越所有具有思想的物种的灾异思想之中,就如同一次来自外在的激烈的沉默且灾难性的肯定。

❖ 一次非宗教性的重复,没有悔恨也没有怀念,不被需要的复返;灾异难道不是极端的独特性的重复和肯定吗? 灾异抑或是无从验证的和不恰当的。

❖ 孤独是不存在的,如果这种孤独无法将孤独本身消解,以向多重的外界暴露其独一性。

❖ 岿然不动的遗忘(无从回忆的记忆):没有悲痛的灾异正是基于此而被描述的,在不否认也不预告的某张通行证的被动性中,如果不是不恰当的复返。灾异,我们在其他也许欢乐的名词之中认识它,拒绝接受所有的词汇,如同它拥有可以替代所有词汇的一切。

❖ 平静,燔祭之灼烧,正午的毁灭——灾异的平静。

❖ 他并没有被排除在外,却仿佛一个不再进入任何场所的人。

❖ 被被动的温柔所穿透,如此,他仿佛有了某种预感——对于也许是最温柔的意外的灾异的记忆。我们并未和灾异生活在同一时代:这是它的不同之处,而这一不同之处是它的一种友好的威胁。灾异将可能发生得更多、更过分,而这种过分只在不纯粹的失去中被标记。

❖ 如果灾异是思想,它不是一种灾异性的思想,而是一种来自外边的思想。我们无法进入外部,但外部总是能够迅速触碰到我们。

灾异,在自我限制,一种没有破坏性的束缚的限制,灾异复返,它永远只会是灾异后的灾异,悄无声息的回归,没有破坏性,由此它自我藏匿。藏匿,便是灾异的后果。

❖ "但是,在我看来,只有在温柔中才能造就伟大。"(西蒙娜·韦伊)我也许会说:只有温柔才能造就极端。过度的温柔带来疯狂,温柔的疯狂。

思考,消失:温柔的灾异。

❖ "只有一本书才会引发爆炸。"(马拉美)

❖ 没有试验过的灾异,即它遁逃所有经验的可能性——写作的界限所在。必须要重复的是:灾异会描述。这并不意味着灾异如写作的力量那样,可以从写作中被排除,即作为某种"外"文本。

❖ 正是黑暗的灾异承载着光明。

❖ 恐惧—光荣,这些名词总有沦落为某种诨名的危险,即便被裹挟进匿名运动中也无用:被鉴定,被统一,被固定,被扣留在此时此刻。评论家——批评或是赞扬——说:这便代表了你是谁,你在想什么。写作的思想总是被灾异劝阻和等待,它在名词中变得可见,被命名,仿佛被拯救,同时也被抛向赞扬或者是批评(它们是一回事),也就是说被抛向了某种幸存。这些名词的藏骸所,那些从不空虚的头脑。

❖ 碎片,再加上不稳定性(不可固定性),预示了紊乱和动荡。

❖ 施莱尔马赫:在创作一部作品时,我拒绝创作自我或者是塑造自我,我通过某种外在的事物来实现自我,并把我自己放在整个人类的无名的延续中,而艺术作品和死亡之间的关系就来于此——在这两种情况中,我们会靠近危险的界限,一个关键点,到达这个点后,我们会突然复返。同样的,弗里德里希·施勒格尔说:对溶解于死亡之中的向往,"人类无论在何处都是站在最高处的,比神还要高"。通往界限,边界的通道。还存在这样一种可能:每当我们开始写作,我们只写了极少——极少就是极多——,我们就知道,我们在靠近界限——危险的界限——在那里回归正在发生。

对诺瓦利斯而言,人的精神世界并非动荡、不安,而是休息(没有矛盾的中立点)、迟钝、笨重,上帝是"密度无限大的金属,在所有存在中最重也最具有实体性"。"处于不朽中的艺术家"必须要以"零度成就"的状态工作,在那个状态下,灵魂和身体将不会感知到彼此,即萨德口中的麻木不仁。

❖ 面对词汇的疲惫感,也是对于彼此疏留的词汇的欲望,破碎在它们拥有的被称为"意义"的权力中、在它们被称为"句法"或者"系统的连续性"(条件是这个系统在某种意义上已经被预先完成了,而现在,已经完成)的组合中。疯狂永远不会发生在现在,而是在非理性的延续中,比如"他明天就会疯掉",我们不能够用疯狂来扩大、加重或者减轻对它的思考。

❖ 散文在唠唠叨叨:婴儿的絮语,然而还是流口水的人,傻子,流眼泪的人,那些站不住、会倒下的人,一个字也说不出、被剥夺权利的人,却会离不断流动消逝的话语更近一些,离那些能够持久的写作更远一些,因为这在他们能力范围之外。从这个意义上来说,只有被书写的沉默,撕裂的储藏,让细节不可能存在的切口。

❖ 权力=团队首领,它是从掌控者一词派生出来的。权力(macht)是方式,是机器,也是可能的运作规则。一台发狂的、充满欲望的机器徒劳地想让无法运作的机制运转起来。"非权力"不会狂热,它总是偏离出沟谷和航线,隶属于外部。

仅仅这么说是不够的（说"非权力"）：人们能够拥有权力，条件是他们不使用权力，因为这是对神性的定义；对占有欲的节制和克制也是不够的，如果它不能够预知到它是灾异的征兆。只有灾异才会在掌控之外。比如说，我希望有这样一位精神分析心理学家，能看出灾异发生的征兆。对想象的权力，条件是把想象理解为能够避开权力的事物。重复意味着"非权力"。

❖ 我们会有持久不衰的说（思考）的需要：我忽然想到了什么（非常重要的事），这意味着与此同时，这件事情不能够按照先来后到的顺序，也不能按照重要性的顺序，而是要按照输出和放逐的顺序出现。重复。

❖ 在一些"野人"部落（没有国家概念的部落），首领必须通过词语来确立统治权：不能沉默。同时，首领的言语并不是为了被听到而说出——因为没有人会在意首领在说什么，或者是人们佯装没在意。而首领，事实上什么都没有说，而是重复对传统生活规则与标准的庆祝。那这种来自权力之所的言语到底是为了满足原始社会的什么需要呢？空的需要，首领的话语就是话语本身，因为它是从权力中分割出来的。首领必须在言语的元素中游移，即在暴力的反面移动。首领话语的职责在于，这些空洞（不空洞的、传统的、传播性的）话语的恒定流动是他对于部落的责任，是无限的职责，是禁止说话者变成弄权者的保证。

❖ 有问题，却没有疑问；有问题，却没有回答的欲望；有问题，却什么都没有说出，只是将要说出的。提问，对超越问题一切可能性的质疑。

❖ 那些评论或者是推动游戏的人，已经加入到游戏中去了。

❖ 人们是如何断言的："那些无论用什么方法都无法知道的，无论用什么方法都无法使你痛苦吗？"我不是那些我不知道的事物的中心，痛苦有它自己的学问，可以覆盖我的无知。

❖ 欲望：使一切比一切更多，并最终仍是一切。

❖ 写作至少有这样一种意义：损耗错误。而说话通过让人相信一种真相来让错误蔓延和扩散。
阅读：不写作，写作是在阅读的禁令中进行的。
写作：拒绝写作——由拒绝而开始的写作，以至于只需人们要求它几句话，某种排斥就会被声明，就如同人们强迫它生存下去，把生命给它让它继续向死亡走去。因错误而开始的写作。

❖ 没有安慰的孤独。静止的灾异在靠近。

❖ 怎么会有生存的义务呢？更严肃一点的问题：死去的欲望过于强烈，以至于我的死亡——如同某种会消解这一欲望的事物——都无法使它满足。这里存在着一个悖论：他者生存却不把活着作为一种义务。死去的欲望让人从活着的义务中解放出来，也就是说，让人可以不为义务而苟活（但并非没有责任，责任是超越于生命之上的）。

❖ 阅读的焦虑在于：所有的文本，都是如此重要，愉悦人心而又有趣，然而它（它给人的印象是存在的）却是空的——从根本上来说它并不存在。必须要跨过深渊，如果我们不去跨越，就无法理解。

❖ 维特根斯坦的"神秘主义"，除了它整体表现出的信心之外，还来自它相信我们可以去呈现那些无法言说的事物。但是，没有语言，事物就无法自现。保持缄默，依然是在言说。沉默是不可能的。这也是为什么我们向往沉默。写作（或者说话）存在于所有现象、所有表象或呈现之前：所有出现了。

❖ 不写作——在达到之前有太远的路要走,并且这条路从来都不是确定的,这既不是奖励也不是惩罚,只能在不确定和必要性中写作。不写,也是写的效果,就像被动性的一个标志,不幸的根源。为了不写而付出的努力如此巨大,无论如何要边写、边停止写——最终我停止了写作,在做出让步的最终时刻。并不会堕入绝望,是仿佛没有念想了:这是有利于灾异的。没有满足的欲望,无法满足,也不具有否定性。在"不写作"中并不存在否定性,一种无法掌控的剧烈,没有主权,一种彻头彻尾被动的顽念。

❖ 没有过失的衰退:被动性的标志。

❖ 想要写作,多么荒诞:写作,是欲望的衰退,就好像失去权力,没有跟上节拍,依然是灾异。

❖ 不写作:疏忽,粗心大意是不够的;一种脱离主权的欲望的强度也许可以——同外部的某种沉浸关系。被动性能够和灾异保持亲缘关系。

他用尽所有能量使自己不再书写,是为了能在书写的时候,借由衰弱而书写,在衰弱的强烈中书写。

❖ 焦虑的不显性。你不会感到焦虑的。

❖ 我们无法迎接灾异，除非像是使人满足的紧迫感或者是对于非权力的等待。

❖ 当词语停止成为武器，成为行动的方式以及问好的可能性。重新回到紊乱的状态。

当写作或是不写作已经变得不重要，那么写作便发生变化，不论它发生或者不发生。这是关于灾异的写作。

❖ 不要把自己托付给失败，这将会变成对于成功的怀念。

❖ 在严肃之外，就会有游戏，但在游戏之外，在寻找可以挫败游戏的事物：我们躲不开无动机性，一场我偶然碰到的意外，永远是已经遇到过的。

很多个日日夜夜都是在沉默中度过。而这也是语言。

❖ 和一切分离，包括和它的分离相分离。

❖ 一个关于自我的诡计：牺牲经验中的自我来成全超验的或者形式的我，通过自我毁灭来拯救自己的灵魂（或者是认识，包括非认识）。

❖ 不要把不写作视为"不想写作",它也并非另外某种更加模棱两可的东西。"我不能写作",这句话事实上意味着,以一种怀念的方式,来点明"我"和以"失去"的形式而存在的力量之间的关系。不在没有权力的情况下写作,权力是借由写作形成的过渡。

❖ 哪里会存在权力的最小形式?在话语中,在写作中?当我生存的时候,当我死去的时候?或者说当死亡不让我死去的时候?

❖ 一种道德性的忧虑是否会让你远离权力?权力连接,而"非权力"打破连接。有时候"非权力"被不受欢迎的事物的强度所承载。

❖ 没有确定性,他并不会生疑,因为没有支撑怀疑的东西。

❖ 关于灾异的思考,如果它无法消灭思考,则会让我们对于这种思考会给我们的生活带来的后续结果不再忧虑。它会让我们不再考虑失败或者成功,它替代了庸常的沉默,没有话语在场的沉默,不一样的沉默,在那里,他者通过缄默来发出声音。

❖ 后退而不是发展。这就是艺术,是以伊萨克·卢里亚(Isaac Louria)的神的方式来创造的,借由相互排斥来进行创造。

❖ 书写很显然毫无重要性可言,书写不重要。和书写的关系正是从这一点得到确立的。

❖ 灾异本身所承载的问题已经属于灾异本身:它并不是疑问,它是祈祷、请求、求救,灾异向灾异求救,为了致意和赎罪的念头还未被透露,在收拾残骸的同时保持了恐惧。
灾异:意外。

❖ 是他者将我暴露给"统一性",并且让我误以为自己是一个无法被替代的独特个体,让我确信我不应该错过这种独特性,而正是这种想法把我从获得唯一性的道路上拉开:我并非不可替代,在我之中的任何人都已被他者唤去对他施救——非唯一性,永恒可替代性。他者永远都是他者,但是却顺从于某人,他者既不是此人也不是彼人,但是,每次,唯一的,我的全部都受恩于他,也包括自我的失去。
我承担的责任不是我的责任,并且使我不再是我。

❖ "耐心一些吧。"简单的言语。而它其实要求甚多。耐心总是不仅将我从我的主动性之中抽离，并且还把我从我耐心的权力之中抽离：如果我可以保持耐心，那其实是耐心还没有在我身上耗尽这个我为自己保留的自我。耐心一点点将我打开，直至达成被动性，那"完全的被动的一步"，放弃了当被动只是作为主动反面而存在的生活状态：如同我们落入惰性之外（怠惰的事物带着某种必然性，某种生机勃勃的自发性和纯然自动的行为，承受而无回应）。"耐心一些吧。"这是谁发出的指令？有能力说的人和有能力听的人。耐心不会自我举荐，也不会自我命令：不再是自我的自我从灾异的无边际性中经由死亡的被动性做出回应，任何一个现在对此都没有回忆。

❖ 通过耐心，我承担着灾异和他者之间的联系，这种灾异既不允许我承担，也不允许我停留在自我状态来承受。通过耐心，所有我和耐心的我之间的关系停滞。

❖ 自从无法回忆的灾异的紧迫沉默造成了匿名和无自我的状态，在另一夜迷失，在这个另一夜里，确切地说是这个使人气闷的夜晚，空洞的、永远驱散不开的、被切分的、奇怪的、被分离的夜晚，将它分离。将它分离是为了让和他者的关系通过他者的不在场和无限的远方把它困住，必须有对于耐烦的热情，一个没有在场——缺席、时间的缺席——的时间的被动性，成为它唯一的身份，被限制成为一个临时的独特性。

❖ 如果写作和被动性之间有关系，那么他们的关系是二者都假设主体的消失和精疲力尽：假设有一个时间的变化；假设在存在和非存在之间有一种不会完成的事物，但是它到来了，就如同永远都会突然到来——中性的闲散，碎片化沉默的消失。

❖ 被动性：我们不能仅仅通过倾覆的言语来召唤。曾经有一次，我把它称为痛苦：这种痛苦是我无法忍受的，以致在这种非权力中，自我被控制被排斥，从第一人称的主体身份中被排斥出来、被剥夺、不能定位，甚至是不必要的，就如同能够承担的自我那样迷失；现在有痛苦，以后也会有痛苦，不会再有正承受痛苦的"我"。痛苦不会自行显现，不会在现在被承载（更不会被经历），没有现在，就如同没有开始也没有结束，时间从根本上改变了意义。没有现在的时间，没有自我的自我，没有什么是我们称作经验（一种知识的形式）的东西可以揭示或者隐藏的。

但是忍受这个词语过于暧昧。暧昧从不会被消除，既然，说到被动性，我们让它出现，在夜晚，夜色驱散让它显露或隐藏。提及被动性，这对于我们而言很艰难（更何况是很重要的），因为它并不属于这个世界，我们并不认识任何完全处于被动状态的事物(认识之后,我们就不可避免会改变它)。被动性和主动性相对,这便是我们思考的局限:承受它,承受——为了构造这个只不过是和"骤然"(subitement)相映成趣的词语,同样破碎的词语,某些状态下的惰性的静止不动,又被称为精神变态,受难,卑屈的等待,夜间的可接受性也被认为是神秘的等待,剥夺,把自我从自我中拔除,从超脱中脱离,也包括超脱本身,或者是从自我之外坠落(没有决定也没有允诺)——所有这些情况,即使有一些是在可认识范围之外的,并点明了人类隐藏的一面,却从不会对我们说起我们想要听到的,只兀自说出那个不受重视的词语:被动性。

❖ 有一种被动性是被动的清静(也许是从我们已知的清静主义一词派生出的),被动性是超越忧虑的,同时保留了在狂热的运动中被动的成分,非法—合法的,没有停止,从没有目的、没有终点、没有开始的错误中来。

❖ 关于被动性的话语务必背叛被动性,但也能重新抓住它没有忠诚保留的一些特性:不仅仅讲话是主动性的,它还会铺陈、发展,根据那些能保证它具有某种一致性的规则;不仅它是概括,在回应言语中某个特定单位,回应一种时间,永远都是自我的记忆,以一个概括性的整体支撑自我——主动性。发展,一致性,统一性,整体的呈现,所有特征能够被自称为被动性,但还有更多:关于被动性的话语让被动性出现,呈现它并再次呈现它。然而,也许(也许),被动性是人类不具人性的一个侧面,被取消了权力,从统一性中分离,无法让位于任何显现之物或自我呈现,没有自我指示,没有自我象征,通过驱散和缺席,永远都落在我们可以称呼为它的下方,临时的指谓。

从此可以得出这样的结论,如果我们感到必须要说出关于被动性的某个事物,那就必须在这样的范围内:这个事物对人是重要的却并没有被归为重要性那一边,逃离出我们谈论它的权力——如同逃离出我们把它作为证据(试验它)的权力——的被动性立住或沉积下来,就如同打断我们的理性、言语和经验的事物。

❖ 奇怪的是,被动性从未足够被动:基于此我们可以把它视为无限;也许只是因为它避开了所有精确表达,但是似乎它内部有一种苛求,总是召唤它来到它自己这一边——不是被动性,而是源自被动性的苛求,一种从过去到无法逾越的运动。

被动性,激情,过去,步子(同时有否定以及步行的踪迹和运动),这种语义学范畴的游戏代表一种意义的滑动,然而没有什么可以让我们像面对一个令我们心满意足的答案那样令人感到骄傲。

❖ 人们说拒绝是被动性的第一级别——但是如果它是经过慎重考虑的或是自发的,如果它表达的是一个决定,这个决定是否定性的,它却不足以在意识的权力中突出自己,顶多停留在某个拒斥的自我。拒斥趋向于绝对,这是真的,趋向于某种无条件:是拒绝之结让作家巴托尔比笔下无法逃避的"我倾向于不(做这件事)"变得敏感,一种之前没有什么会被决定的克制,在所有决定之前,比压抑更甚。确切地说是权力的罢免,对所有言语的彻底放弃(从不被宣布,从不被点明)——放弃说话的主权——或者甚至是已经被接纳的忘我,比如放弃自我,对身份的丢弃,对自我的拒绝并不会因为拒绝而收缩,而是会对减退开放、对失去存在的开放、对思想的开放。"我不会做这件事"进一步意味着有力的决定,并需要有力的反对。"我倾向于不……"归属于无限的耐烦,并不会把控制权让给辩证法的介入:我们坠落在存在之外,在外在的区域里,静止的,以一种均匀而缓慢的步速,被摧毁的人们来来往往。

❖ 被动性是无边际的:它超出了存在的范畴,位于存在尽头的存在——已完结的过去的被动性从未存在:被理解的灾异,被暗示的灾异并不是一个过去的时间,而是像无法追忆的过去(在高处)。这个过去在回归,同时也通过复返来驱散现在时,在现在时里,它就如同一个久别重逢的人。

❖ 被动性：我们可以回忆起那些被动性的场景，那些不幸，集中营里的最后碾压，对没有主人的奴隶的束缚，堕落于需求之中，死亡就像对致命出口的忽视。在一切情形之下，我们承认它们的共同特征，如果这是一种伪造的、不精确的学问：匿名，自我的失去，所有主权的失去，同时也是所有从属的失去，栖居之地的失去，没有地点的错误，在场的不可能性，分散（分离）。

❖ 在我（同一）和他者的关系中，他者是远方、异乡，但是如果我颠倒这样的关系，那他者同我的关系仿佛变成了"我就是他者"。我被抽离出我的身份，我被拉回，在近在咫尺的压力之下，在拥有第一人称的特权的压力之下，从我自身剥离，留下一种被剥夺自我的被动性（甚至是相异性，没有统一性的他者），未驯服的，或者是耐烦的。

❖ 在被动性的耐烦之下，我是任何一个可以被替代的人，一个被定义为非不可取代者的人，一个不能避免去通过并非自我的那个人回答以及为了并非自我的那个人而回答的人：借来的独特性以及相遇的独特性——事实上是人质的独特性（正如列维纳斯所说）。它是非赞同、非选择的担保，是一个没有做出的承诺，是不能守住他所在位置的不可替代者。正是通过他者，我才是同样的他者，他者总是将我从自我中抽离。他者，如果他向我求救，就像向一个不是我的人求救，第一个人或者是最后一个人，我不想要任何唯一性，正是由此他把被动性指定给我，通过我和死亡对话。

（我承担的责任并不是我的，它亦使得我不是我。）

❖ 如果，以被动性的耐烦为条件，自我从自我中抽离，以至于在这个外在之中，缺少自我的存在，也没有非存在的表现。耐烦的时间，时间不在场的时间，没有在场的复返的时间，死亡的时间，没有支撑，找不到承载它和支撑它的人，碎片化以外的语言，分裂的语言，无限分散的语言，时间是否可以被标记，并且这个标记不会把时间推向现在，把它引向命名的话语？但是没有经验的碎片也在离我们远去。沉默取代不了它，只剩下不再知道怎么闭嘴，也不再知道怎么说话的人的缄默。

❖ 他者的死亡：双重死亡，因为**他者**已经是死亡，就像死亡的困扰一样压覆在我身上。

❖ 在我和他者的关系中，他者是我触不可及的，是**分离的**，**居于高处的**，是在我权力之外的，也是非权力的，陌异的，被剥夺的。但是在他者与我的关系中，一切仿佛都处于复返：

远处变成了临近,这种接近变成损害我的忧虑,压覆在我身上,把我从我中分离,就像分离(它度量了从我到他者的超越)在我身上创作,将我去身份化,把我抛弃给被动性,既没有主动性,也没有现在。然而他者变成了**急迫**、**卓越**,这也意味着**迫害**,困扰我、压迫我、纠缠我、打垮我,强迫我做的不仅仅使我不快,还让我对它的罪行负责,让我承担不属于我的无尽的责任,因为这责任会一直膨胀至"取代"发生。正因为此,通过这个视角,他者与我的关系趋向于以施虐—受虐的形式出现,如果它让我们过早地落入世界之外、存在之外(那里只有正常和不正常才有意义)。

另外,根据列维纳斯的说法,代替同一(Le Même)的他者,正如替代了他者的同一,从此以后,都在于超验的(某一超验的)特征在我身上留下印记——一个没有自我的自我,导致了居于高处的对立,导致居于高处的意义的悖论:正是由此,被动性使我涣散并将我摧毁,同时,我又受制于一种责任,这种责任不仅超越我的能力范围,还迫使我无法践行,因为我什么都做不了,我不能再以我的形式存在。正是这种责任的被动性被叫作说,因为,在说出所有之前,在存在之外(在存在中,有被动性也有主动性,有简单的对立和相关,惰性和活力,非自愿和自愿),**说**会赠予,给出答案,回应了不可能性,并对不可能性负责。

但是悖论并不能延缓某种模棱两可:如果我没有自我,我在接受最为被动的被动性的考验(却未经检验),而他者却将我碾压直至发生本质的异化,我是在和他者打交道吗?难道我不是在和一个支配者身份的"我",和自私的威权,和占主导地位、操纵权力直至变成令人难以承受的困扰的统治者打交道吗?换句话说,向我开启持续时间最久的耐烦的、在我自身变成无名受难的困扰,我不应该仅仅通过在不同意的情况下承载它来回应它。我应该也用拒绝、抵抗和战斗来回应,回归到认识(回归,如果可能的话,因为有可能已经没有回头路),回到有认识的自我,认识到它没有被展现在他者面前,而是展现在对立的"我"、自私的全能、谋杀性的意愿面前。自然而然地,这意愿把我诱引到它的游戏当中,把我变成了它的同谋,但这就是为什么必须一直至少有两种语言或者两种要求,一种是辩证的,另一种是非辩证的,在一种中,否定性是任务所在,而在另一种中,中立突显于存在和非存在中。同样的,必须同时有自由主体,说话,像被死去穿越的且不会自现的被动性耐烦一样消失。

❖ 脆弱,是没有眼泪的哭泣,是怨怼的絮语,是没有话语的倾诉中那闪动的窸窸窣窣,是枯竭和表象的干涸。脆弱躲避所有对于死亡的被动性无能为力的暴力(即便它是压迫性的最高权力)。

❖ 我们凭借语言的丧失——一场迫近而又追忆不及的灾异——来言说。同样的,我们无话可说,除非我们能够借由某种预言的形式让我们为之奉献的事物预先被理解,不是为了最终无话可说,而是为了言说不会止于言语,那些已经说出的、将要说出的或者是将要被推翻的言语:言语的丧失,没有眼泪的哭泣,死亡的隐形被动性——人类的虚弱,已经宣布而并未完成的投降。

❖ 他者只有一个意义,那就是我受恩于他的无限帮助,这帮助可以是没最后期限的呼救,而这呼救又只有我而不是他者能够应答。这并没有让我变得不可替代,更没有因此具备唯一性,但却让我消失在了无休止的服务运动中。在那个过程中,我只是一个临时的个体,一个"统一性"的假象。我无法从某种不向任何个体发出的要求中提取出合理的解释(无论是为了证明还是为了存在),这需求对我的决定没有任何要求,它以一切方式超出我能力所及范围之外,直至将我非个体化。

❖ 打断连续性,这是碎片化写作的目的:打断在某种意义上来说和"不断"具有相同的意义,二者都是被动性产生的效果。在那里,无论是权力、初始的想法,还是某个决定的起意都没有掌控的大权;在那里死去就是生存,生活的被动性逃离出自身，和没有现在的时间的灾异混为一谈。我们一边等待，一边支持，等待一场厄运，并非即将到来的厄运，而是总会突然到来却又不会在此刻到来的厄运。从这个意义上来说，未来和过去总是注定没有差别的，因为无论我还是他者都没有现在时。自此，被摧毁（没有毁灭的摧毁）的人就好像失去了外在形象，化作隐形，即使人们看见他们，或者他们在言说，也是通过他者的声音，永远都在他们之外的声音。这声音在责备他们，质疑他们，强迫他们对一种他们在无意识中承载的沉默的厄运负责。

❖ 就好像他说道："愿幸福可以为所有人到来，条件是，借由这一祈愿，我被排除在外。"

❖ 如果**他者**不是我的敌人（在黑格尔的理论中，他者有时候是敌人，却是心怀善意的敌人，在萨特的早期哲学中尤为如此），他者怎么能变成剥夺我身份的人呢？而重新定位的压力在伤害我，使我疲惫，跟踪我，纠缠我，以至于没有自我的我要为这种烦扰、这种罢免我权力的忧虑负责：我必须要负责的事，而我没有回应，没有自我，只有借来的自我，只有幻觉，只有同一的"替代品"——符合规则的替代品。责任感，这是无罪的犯罪，接受这一次打击让我对所有打击都变得更加敏感。这是创造和出生的创伤。如果造物主把它的情境归功于他者,我是被创造出的责任人,一种先于出生的责任,它并非出于我的同意,也并非出于我的自由选择,而是因为一种宿命论的好意而出生在他者的不幸之中,而这不幸也是所有人的不幸。列维纳斯说他者是令人厌恶的,而萨特不也是重新采用了这一视角吗:他者带给我们的恶心,不是存在的缺失,而是存在的过剩,一种我渴望减少的多余值,但是我能让我失去兴趣,因为,在漠不关心的情况下,依然有他者让我去取代他的位置,让我只能够成为他的替代者。

❖ 这也许是一个答案。如果**他者**怀疑我到了将自我从我中剥夺的程度,那是因为他者意味着绝对的剥夺,一种在自我中否认自我的恳求,直至成为酷刑。

❖ 非相关性(从这个意义上来说,我与他者无法共存,也不能在同一时间相遇:成为同时代的人)首先意味着相对我而言的他者,其次是如同自我之外的他者一般的自我,这二者在我自身并不会重合。我永恒的缺席,这是任何意识不能重新抓住的,既没有效果也没有效率,是被动的时间,我和所有人并无共享之物,死亡是我们共有的特征。

❖ 如果是借由无限的接受,我无法接纳他人。这是故事情节中新出现的且困难的特征。他者,如同接下来要出现的人,是我无法承受的关联,这关联的切入角度是死亡本身,必死的近邻(看到上帝死去的人:"死去"是看见了不可见之物的方式,也是说出不可说之物的方式——泄密,某种意义上,这必然会变作无真相之上帝,回归至被动性)。

❖ 如果我不能容纳**他者**,且他者的迫近所强制下达的勒令一直让我筋疲力尽,是因为借由唯一的笨拙的(这不幸的"无论如何",我的嘲弄和疯狂)我被要求进入这另样的关联之中,带着我那已被一寸一寸腐蚀、咬噬和异化的自我(同样,生活在公元纪年刚开始的几百年里的犹太人以为自己正是在罗马城墙下的麻风病人和乞丐中找到了弥赛亚)。

❖ 当他人是远方(来自绝对远方的脸庞,脸庞上挂着远方的印记,永恒的,无从回忆之过往的印记),只有在缺席的印记之中以脸庞指代的他人的关联超越于存在之外(列维纳斯写道:"在存在之外是不能借由自我来定义的**第三人称**。")。但是,当他人不再是远方之时,而接下来要出现的人又压覆于我身直至使我对自我的根源被动性开放,作为被伤害、被指责、被纠缠之暴露的自我,作为交付给差异的敏感性的自我,轮到它坠落于存在之外,意味着超越存在之境。在馈赠本身之中,符号的赠予——它的无限牺牲投向他人:它是和他人以相同名义、脸庞、谜题,扰乱了秩序,并割裂了存在——特异之例外,置于现象之外,置于经验之外。

❖ 被动性和问题:也许被动性是在问题的尽头,但是否被动性依然从属于问题呢?灾异是否能被讯问?哪里去找这样一种语言:回答、问题、肯定、否定也许会介入,但却没有效果?哪里能找到这样一种说的动作:它避开了一切标记,不论其是宣传还是禁止?

❖ 当列维纳斯把语言定义为一种接触,他其实是把语言定义为一种即时性,而这种定义造成的种种后果十分沉重,因为即时性是绝对的在场,这种在场能震动一切并颠覆一切,没有迫近也没有缺席的无穷,也并无苛究(exigence),却是一种由神秘合并所执行的绑架。即时性不仅仅把所有中介都抛至一边,而且,即时的也是无法再被言说的在场之无限性,既然关系本身,无论是伦理范畴的,还是本体论范畴的关系,在没有黑暗的夜晚里一把火烧尽:不再有期限,不再有关联,不再有超越,上帝本身已在其中尽遭毁灭。

或者说能够理解在过去的即时性。能将悖论推及不可承受之境地,也是因为我们可以谈论灾异。我们不能思考即时性,是因为我们不能思考绝对被动的过去,在面对被遗忘的不幸时,我们所拥有的耐心是一个标记,是无意识的延伸。当我们耐烦之时,这耐烦永远都是相对于此刻无法侵袭我们、却总能将我们抛向一个没有记忆的过去的无穷的不幸而言的。他人的不幸和作为不幸的他人。

❖ 责任:这个司空见惯的词语,这个在最浅显的伦理学(政治伦理)中的概念赋予我们责任,必须要如列维纳斯更新这个概念、使之开放直至被赋予意义(超越所有意义之外)那般来理解某种另样哲学中的责任(但是,从很多角度来说,它却依然是永恒之哲学)。负责的:这通常以一种乏味的、布尔乔亚的方式来修饰一个成熟的人,他头脑清醒,有觉悟,举止有度,对情境中的一切要素都细心考量和掂量算计,并最终做出决定,是一个永远处于行动中的成功的人。但是,这里的责任——我之于他人,之于一切,且反之则不成立的责任——在游移,不再从属于意识,不再是能产生效应的思考应用于实践,甚至不再是一种对内并对外规定的义务。我对于他人的责任假设一种倾覆,它只能借由"我"的身份的置换、时间的置换和语言的置换来被标记。责任将我从我的秩序中抽离——也许是从一切秩序中抽离——并且,同时将我从自我中抽离出来(如果这里的自我是主人,是权力,是自由主体),发现取代自我的他者,使我对缺席,对被动性,也即对承担责任的不可能性负责,而这种没有限度的责任借由牺牲我、叫我堕落这一途径,使我将自己奉献给这一不可能性。但是,悖论不会让任何事物完好无损,更不包括主体的主体性和人的个体性。

因为，我只能借由将责任从一切在场的意识中分离来谈论它（意愿、志向、兴趣、启蒙、深思熟虑后的行动，但也许还有非意志、意见不一致、非理性、非活跃性、属于意识—非意识的黑暗），如果它于不再有基础之处以及任何根须都无法固定之处扎根，如果它穿越所有地基，不能借由任何个体化之物来被承担，除了作为应答不可能性的答案，借由禁止由我来确立自我，只允许我如同永远已经被假设一般来被确立（将我托付给完全被动）的某种关系，还能如何。在这最平常的道德语言通过使其为秩序所用这种方式，来以最简单的方式使用的在宣布中所发出的声音之中，如果我们能够承受这个已被宣称的内容的谜题呢？如果责任是这样的，它将自我从我中抽离，将独特性从个体性中抽离，将主体性从主体中抽离，将非意识从一切意识和潜意识中抽离，为了将自我暴露在令人厌恶到难以形容的被动性之中，直至借由被动性，我必须满足无限的苛究，而我能够确定地将其称为责任，却是一种滥用，却是从反面来称呼，尽管承认对上帝负责的事实只不过是取消责任（被冒犯的义务）的一种隐喻。同样，声称对死去（一切死去）负责，我不再能求助于任何伦理标准、任何经验、任何实践，无论它是什么实践，除非是对反生命的实践，即一种非实践，（也许）是一种写作之言语的实践。

另外，割开我们的理性，却并不能将我们托付给非理性的便利性，责任这个词如同来自一种未知的语言，我们只在违背内心、违背生命之时才会说的语言,在一种如同我们同一切死亡的无解释中,**他者**的死亡如同我们永远非专有的死亡。因此,必须要转向一种永远未被写出但永远都在被要求的语言,为了这个无从理解的词语在它的灾异性沉重中被听见,并同时邀请我们转向灾异本身,却无法理解它,也不能承受它。从此之后,它的自身要不然就是灾异的,责任永远无法减轻**他人**的分量(也不会因为他人而使我减轻分量),并让我们亏欠它的言语变得缄默不语。

另外,最远方的临近,以及最轻盈的重压,同触不可及之人的联系,我能够以友谊来回应,一种无法分享,也并非相互给予的友谊,对于已经发生却没有留下痕迹的事物的友谊,被动性对于未知的非在场的回答。

❖ 被动性是一个任务——在他者的语言之中——在非辩证性的要求之中,同样,否定性也是一种任务:当辩证性向我们提出圆满完成所有可能性,只要我们懂得(通过权力和在世界上的统治将二者合并)让时间慢慢来。双重话语的生存和死去的必要性,在没有现在的时间的模棱两可,能掘尽时间中所有可能性的历史的模棱两可性(为了能进入在场而达成一致):也许这便是无法挽回的决定,无可避免的疯狂。这并非是思想的内容,因为思想并未将其包含,甚至,无论是意识还是非意识都从未为它确认一个可以限定它的身份。因此,尝试求助于有调停功能的伦理(公正与责任),但是当这一次伦理变得疯狂,仿佛它必须变成它将我们引向的疯狂,否则安全行驶证不会为我们的驾驶赋予任何权力、任何车道,也没有任何寒暄:只剩下对双重耐烦的耐力,因为它是双重的,所以它既是俗世的耐烦,也是不属于这个世界的污秽的耐烦。

❖ 主观性这一词语的使用,同责任这一词语的使用一样,令人迷惑,甚至更加容易引起争议,因为,这是一种任命,就如同被选择出来拯救我们的精神性。为什么是主观性,更确切地说,是为了沉入到主体的底部,而又不丧失这一主体,这种肉体的私密在场,又让我的肉体、我敏感的肉体在场时那样活下来?但是所谓的"主观性"是取代"我"的他者,它并不比客观性更加主观,他者是没有内在的。匿名就是他的姓名,外在就是他的思想,非相关性就是他的能力所及,复返就是他的时间,同样,"死去"的中立性和被动性也许就是他的生命。如果这是他必须迎接的来自极限的馈赠,来自(在肉体中并通过肉体)非从属的馈赠。

❖ 被动性并非是单纯的接受,更不是未成形的、惰性的、预备转化为任何一种形式的物质——被动的,死之推动力(死去,沉默的深度,不情愿就此被容纳的,没有言语就已注册,存在于过去的肉体,无人称的肉体,间隔的肉体,存在的悬念,乐句的切分如同时间的中断,我们只能视之为没有现在时的粗野的异端故事)。被动的:非叙事,无法被引用,回忆不再提醒——如同思想的遗忘,也即,不能被忘怀的事物,只是因为它早已堕入记忆之外。

❖ 我称之为灾异的,其界限没有极值:将极值拖入灾异。

❖ 灾异并不会质疑我,却会排除疑问,让疑问消失,仿佛我与问题同消失在没有形貌的灾异之中。消失这一事实,确切地说,并非一个事实,一个事件,它并不会发生,并不仅仅因为它来自假设本身,并不存在承受经验的"我",还因为,如果说灾异总是在发生之后发生,我是无法从中获取经验的。

❖ 他者以这种方式与我建立联结,存于我身的陌生人会代替我来回应他者,这一回应是无从记忆的友谊,并不任由选择,并不被动地生活在当下:由没有任何主体的被动性承担的部分,在自我之外的死去,不属于任何人的肉体,在苦难之中,非自恋的享乐。

❖ 友谊并非一种馈赠,也非一种承诺,一种慷慨大方。友谊是一种无法估量的"我"和"他者"之间的关系,它是与其断裂和其不可接近性相连接的外围。不纯粹的纯粹欲望,要穿越距离,呼唤由分离导致的共同死去。

突然之间瘫软无力的死亡,如果友谊是一句回应,这句回应只有在我们不断死去之时,才能听到或使其被听到。

❖ 保持沉默,沉默无法自我保持,它并不考虑为了保持它而付出的努力——它是某次无所等待的等待的苛求,它是某种语言的苛求,这种语言自我假设为话语的全部,一次性被消费,分崩离析,化为碎片,永无止息。

❖ 如何同被动的过去建立联系,某种无法在意识之光中自我呈现的联系(也无法从无意识的晦暗中抽身)?

❖ 放弃我—主体,这并非一次自愿舍弃,却也不是一次非自愿的让位。当主体让自我缺席,主体的缺席或者作为主体的死去颠覆了存在的整句话,让时间走出自身的秩序,让生命向它的被动性开放,向陌生人展示从未抒发的友谊。

❖ 脆弱只是人类的特质,即使脆弱仅存在于人类非人类的部分,非权力的重量,友谊那叫人无所挂虑的轻盈毫无重量也不会思考——思考中的非思考,这种对于思考的保留并不会任由思考发生。被动性不会接受,亦不会拒绝。无事无非,缺失意愿,只有它符合中立的无限性,无法控制的耐烦在时间中坚挺却从不抵抗,被动的条件是一种无条件:这是一种无条件服从,没有一种保护将这种它置于保护之下,也没有任何损毁能侵犯它,它处于服从之外,仿佛某种意愿缺失——没有什么随着这种意愿而萌发。从那开始,我们听到的总是重新开始时永远已经发出声音的言语(无声),我们靠近没有黑暗的夜晚。这是不能缩减、无法兼容的,和人性(人类)无法兼容。不幸也未曾揭露出的人性脆弱,将我们冻僵,因为在每一刻,我们都属于自身死亡的无从记忆的过去——我们因此作为永恒的无限的被摧毁者而坚不可摧。来自毁灭的无限性,它就是被动性的度量单位。

❖ 列维纳斯谈到主体的主观性,如果我们非要使用这个词语——为什么使用?但又为什么不呢?——也许必须要提及没有主体的主体性,被伤害的位置,已经死去或濒死的尸身上的瘢痕,而这尸身无人认领,或者是说:我,我的肉体,这只会激活唯一的必死的欲望:死去的欲望,经过不恰当的死去却并未超越它的欲望。

孤独或者非内在性,对外在的暴露,禁区之外的扩散,保持封闭的不可能性,封闭—被剥夺属性的人,不为任何事物做补充的替代者。

❖ 回答:针对问题的回答——这回答让问题变得可能,让问题重叠,让它延续,却并不会让它感到满足,相反地,给它着上新的色泽,并予以锋刃——有疑问性的回答;最后,在与绝对相隔一定距离的前提下,也许会有没有疑问的回答,没有任何一个问题与之匹配,这样的问题我们只能选择性地回答,如果这个答案不能接收到给予它的友谊。

谜题(秘密),确切地说,它就是问题的缺席——因此甚至都没有引入问题的位置,除非这一缺席给出答案。(神秘的话语)

❖ 概念的耐烦:首先是放弃开始,知道**学问**从未年轻,但总能超越年纪,是一种不属于衰老的老年。然后,不应太快完成,因为目标总是过早成熟,它是**完成**(Fini)的加速,人们想一劳永逸地给予信任和信赖,却没有预见到**完成**只是**无限**(Infini)的再折叠。

❖ 不回答或者不接受答案,这是规则:这不足以阻止问题的提出,但是,当答案意味着答案的缺席,问题也随之变成问题的缺席(被羞辱的问题),言语经过,让没有变为话语的过去回归,一切言语的过去,正是因此,无论被命名为何种灾异,都不会再在语言中现身。

❖ 波拿文都拉①:"人们几度将我逐出教堂,只因我在教堂中浪笑不已。人们数次将我撵出妓院,却是因为我在那里虔诚祈祷。"自杀:"在我身后只留下空无,我去赴你之约意味着将面临诸多挑战,上帝抑或虚无。""生命不过是虚无,披着一件系满铃铛的艳丽外套,一切皆是**虚无**。借由**时间**的停滞,疯子听到了**永恒**,但事实上是完美的**虚无**,而绝对的死亡,既然反过来生命来自未被打断的死亡(如果人们竟敢在心中做这样的论断,这会将我一下子推向疯子们,但我,却只是把这些疯子视为一些滑稽小丑)"。

费西特:"在自然中,一切死亡同时也意味着新生,正是在死亡之中,生命达到了顶峰。"诺瓦利斯说:"和死亡之间的确定关系如同一次婚礼,都赐予我们用以共度良宵的伴侣。"但波拿文都拉从未把死亡视为同超验之希望之间的关联:"歌颂上帝吧!死亡是存在的,但之后却没有**永恒**。"

❖ 耐烦是最高级的紧急:耐烦说,我没有时间了(或者说留给它的时间只是时间的缺席,开始之前的时间——非显现的时间,在这一时间中,我们以非现象学的方式死去,不为任何人知,甚至自己都毫无察觉,不留下一句话,无一处痕迹,也因此没有死去:耐烦地)。

---

① Bonaventura,约1217~1274,经院哲学家,神学家。——译者注

❖ 波拿文都拉:"在虚无之中,我和我自己孤独共处,在实践中,一切多样性都消失了,他只是在统治一袭庞大又可怕的痛楚,永恒的虚空,在我之外,我尝试将自己摧毁,但我留下了,我以为我已永生。"

❖ 诺瓦利斯常常被错误引用或者被轻率译出的那句名言是:真正的哲学行为是让自我死亡(自我的死去,自我如同死去,自杀是非自杀,必死的运动,从同一到他者)。作为同一者的某种必死运动的自杀永远无法被投射,因为自杀这一事件在圆的内部完成,于所有投射之外,也许也是于所有思想和真相之外——由此被感受到的是无法验证也无法认识的。我们被给予的所有理性,它是如此正确,看上去却有失恰切。杀死自己,是在一个对所有人,也即对自我而言的禁区内建立自我:隐秘性和人类关系的非现象性是自杀的精华所在,永远都是躲在暗处,并非因为死亡被牵连进来,而是因为死去——被动性本身——变成了行动,并在自我掩藏的行为中于现象之外自我呈现。被自杀诱惑的人其实是在被没有面孔的秘密诱惑。

自杀可以有很多理由,自杀的行为也并非是非理性的。但是它封闭了那些认为自杀是在一个完全附属于理性,同主观意志,或者欲望相异的空间里完成的人(正如它的反面,非理性),以至于那些自杀的人,即便他们期待激烈的场面,却避开所有曝光的显现,进入了一种"不祥的晦暗"(波德莱尔语)中。在这晦暗中,他同自我以及他人的关系被切断,是非理性在控制局面。彻底且庄重的悖论性差异。而这发生在一切自由决定之前,没有必须性,如同某种偶然性;在这样一种压力下,在它自身中没有足够的被动来抵挡(或承受)诱惑。

❖ 关于思想,必须首要指出,它意味着不可能性,在任何确定的事物前戛然而止,也意味着它无法思考任何已经被定义的事物。由此,它是所有在场的思想的中性化。同时,也是对所有思想之缺席的摒弃。振动(悖论性的平等)是一种风险,将自身交付于这种双重苛究的思想所带来的风险,忽视了它必须具有有控制力的耐烦,即是被动的,在所有的主权之外。

❖ 耐烦,晚到的恒心。

❖ 并非是被动的思想,而是思想的被动,思想那永远已成过去的思想,它在思想中不能在场,进入现在时,更无法被表现或者是构成某种表现的基础。没有任何其他事物的被动性可以被言说,否则它将禁止所有思想的出现,所有将思想带向在场(直至存在)的权力。

未将思想禁锢于仓库,隐退于在场之外,又将它置于他者的近身之处——远离的临近,他者的思想,作为思想的他者。

❖ 当一切都已说出,那将要说出的就是灾异,言语废墟,因写作而导致的衰弱,只言片语的谣言:留下的并未留下(碎片)。

❖ 被动将不会发生,却被牵连进转折点,摆脱了圆圈,以一己之力扭转方向。它是已永恒流逝的时间的酷刑,如同折返一般来到,没有在场,来到却并非突然而至,进入时代的耐烦之中,无法撼动的时代,指向一种从言语中解脱出的语言的断裂,被剥夺了所有权力,是沉默无言的,戛然而止,没有义务却必须回答的问题。书写的责任以去标记的方式来为自己标记。也即,也许推入极限,同时被抹去(也即长远看来,所需时间甚久),如果它仿佛留下永恒抑或散乱的痕迹之后。

❖ 碎片:在所有裂缝、裂片之外,纯粹的不耐烦的耐烦,循序渐进却又风云突变。

❖ 他者只与他者相互关联:他重复自我,然而这种重复却并非同一重复,以一分为二的方式增殖直至无限,宣告在一切未来、现在、过去之外(并就此否定它),这一时间总是已完成了它的使命。**他者**无法接受,如同**一切他者**那般确立自我,既然相异性不会将它置于事外，会以一种非生产性的方式让它工作（写作），将它从一种虚无、一种整体中转移。所有移位都在度量之外，以此来逃避对法则的承认，如同逃避一次命名。不欲求也未被欲求的欲望，它标记出秘密——分离——对于所有生者，死去都被牵连其中的秘密，如同将它从自我中分离出来（没有停顿，循序渐进，每次却又是倏忽之间），如同一致性，如同单纯性，成为生者。

❖ 在洞穴神话中，柏拉图用柏拉图的故事让我们了解到的是，人通常被剥夺了权力以及转身和复返的权利。

❖ 交流，不仅仅意味着逆转，从借由言语描述这是什么——在场的现在的逆转，而且是，使语言保持在一切一致性之外，即便其是现有的存在的一致性，通过让它与众不同而将它从自身中引开，另辟蹊径，从一种永恒的已然到一种永恒的再也没发生。

❖ 在柏拉图的洞穴中，没有一个词可用来指示死亡，没有梦境或图像可预感死亡的"无形性"，死亡在那里是多余的，被遗忘的，是从外界突然而至的逡巡于哲学家嘴边被简化为沉默，或迷失在对不朽的相似物的嘲弄以及阴影的永存之中。死亡被命名，不过是为了满足杀死某些人的需要，那些已经获得解放、已经获取进入光明之所通行证的人,他们回来并揭穿了真相,扰乱了秩序,打搅了暴露于光天化日的庇护所的安宁。死亡,是杀死这一行为。哲学家是那些承受最高级别暴力的人,但同时也是呼唤这一暴力的人,他借由复返承载并说出的真相,也是暴力的一种形式。

❖ 讽刺性的死亡:苏格拉底的死亡也许将它自身从死亡中带走,并使它变得不为人知且不现实。如果写作的"可能性"和讽刺的"可能性"相关,我们将理解为什么二者都令人失望、无法被约束、在所有控制之外。(参考:西尔维娅·阿加辛斯基[①])

❖ 我们无法回忆梦境,如果梦境来到——如何来到?在哪一夜?只有通过遗忘,一种并不只是审察或压抑的遗忘。没有记忆的做梦,以这样一种方式,所有临时的梦境是对无从记忆的死去的发出回应的一枚碎片,被欲望之反复所删除。

在梦和醒之间没有间隔,没有停顿,在此意义上可以说:梦者,你从无可能叫醒你自己(更不会让你自己被呼唤或质询)。

[①] Sylviane Agacinski,法国著名哲学家、左派知识分子,著有《性别政治》《时间的摆渡者》等书。

❖ 梦没有结束,醒没有开始,二者永无机会相触,只有辩证性语言让二者循着构成真相的目标而产生关联。

❖ 以他从未想到的另样方式来思考,以至让**他者**进入思想,作为途径和回答。

❖ 作家,他的生平是:他死了,他活了,他死了。

❖ 如果书能够第一次真正开始,它将能够很早之前就最后一次结束。

❖ 新事物为何让我们害怕却又向往,因为新事物是和(已建立的)真理在斗争,这是最古老的斗争之一,在这样的斗争之斗争中,更正确的事物永远有权力自决。

❖ 他来到之前,没有人等待他;当他在那里时,没有人识得他;当他不在那里的时候,灾异早已令存在误入歧途。在它没有开始的时候渐趋完满,含苞待放却已绽放的玫瑰。

❖ 在一切都已变得晦暗之时,是一些话语发出的没有光的明亮在统治。

❖ 歌颂生命。没有生命,人将不能根据死去的运动而被赠予生存。

❖ 灾异的特点:胜利、荣耀并非与之相悖,却又不从属于它。尽管有共处之地,在顶峰处即已预见衰落,它没有反义词,它不单纯(从此,对它而言,辩证性成了最陌生的词,它会浓缩为它的毁灭性时刻)。

❖ 他向我们提问:我们做什么,我们如何生活,谁是我的朋友。他是隐晦的,仿佛他提出问题却并非在询问。轮到我们反问,我们问他做什么,他微笑,起身,如同从未在场。万事自然流动,他不会打扰我们。

❖ 对于死去的无从体验,这也意味着:面对死去的笨拙,如同一个从未学习或曾经缺课的人那样死去。

❖ 新的,未曾使用的,因为它不愿在历史中定位,并因为有更古老的事物,非历史性的事物,我们被要求回答,仿佛这是不可能的,不可见的,在残垣断壁中永远消失。

❖ 如何能知道我们是先知? 如果让我们成为信使的消息,超前于我们一个永恒来到,让我们命中注定成为永恒的迟到者？我们是先知,奔跑在我们之外,当我们到达时,我们的时间已经过去,生活之流被切断。

❖ 如果说在分割的力量中,引文提前摧毁了它所被拔除出的激发它的原文,最后只剩下拔除这一动作。没有文本和语境的碎片从根本上说是无法被引用的。

❖ 为何所有的不幸,完结的、未完结的、个人的、非个人的、现在的、永远的,有这样一个暗示,并不停地提醒它,被载入历史却又没有日期的不幸,一个已经缩小到几乎从地图上擦除的国度,然而它的历史却超越了世界历史？这是为何？

❖ 他在书写——他写了吗？——并非因为他人的书让他不满意(相反,每本书都让他感到愉悦),而是因为,这些都是书,通过书写我们无法寻获它的内容。

❖ 写作,让负的和中性的在它们永远被掩盖的差异之中,在它们最危险的相近之处,彼此提醒各自的独特之处,一个在建设,一个在破坏。

❖ 今天是贫乏的,这种贫乏作为它的本质(在它被去核这一极端时刻)允许它不在场,更不用在某个此时此刻的新或旧之中滞留。

❖ 书写,为了不是仅仅在摧毁,为了不是仅仅在保存,是为了不传递;书写,站在永无可能的真相的诱惑下书写,灾异的这个部分,在这里,所有的现实,安全且完好无损地下沉。

❖ 语言中的信任:它存在于语言之中,存在于语言的怀疑之中,恰是语言在怀疑自身,在它的空间里找到一篇批评的不可撼动的原则。因此向词源学求救(或者它拒绝),因此向无穷尽的词形变化呼喊,也可以是险象环生地颠倒字母来创造数量无限的新词,以让它的意义嬗变为一种借口。然而徒劳无功。这一切的合法性在于同时使用它们,在同一时间,并不相信它,没有停顿。语言的陌生人永远停留于陌生,在语言中存在的信任和怀疑变成了一种拜物,选择某个词语来让它在毁灭的快感和不适中把玩它,条件是视而不见一般,要给这个词语一个精准的用法。

书写,是一种迂回,使权力从一种语言中抽离,被曲解的,字母被置换的——写作的迂回,永远都在描述对于不请自来的陌生人的友谊,逃离所有指示的所有可能的语言的真相。

违心的作家:这里所说的并非是这样一种写作,违背自身或者反对自身的书写,即一种和自我、和生命、和写作的不兼容(这,作为轶事的传记),而是在另外一种关系中,他者打发了自己，也将我们引至诱惑的运动——因此产生了真相、光荣，以及灾异的空名，并通过它们，让那些从语言中分离出来的又重新投身进去或跌落，也许是因为耐烦的缺失。因为很可能是所有名称（确切地说最后一个，无法发音的），正是不耐烦的一种效果。

❖ 光明放出光辉——光彩，在明亮中，安静下来，不再发光（消散，发出回响或振动，直到眼花缭乱）的光泽，未被理解的语言是爆裂性的回响。

❖ 没有目标的死：由此（不动的运动），思想落于所有目的论之外，也许是在它自身所在位置以外。没有目标的思考如同一个人死去，而这正像是永远在单纯地坚持不懈的耐烦（这里不是关于无动机而是责任感）所要求的——就如同一个没有语言的陌生人在我们门前、在门槛上踱步。

思考如同我们死去：没有目标，没有权力，没有单位，更确切地说是没有"状似"——由此，当表达方式被思考之时，就会被毁灭，也即从每个角度被思考，不平衡地，在意义之外，关于意义之外——出口，外面。

像死去一样思考，将"状似"从思想中清除，以便，即便我们用并置简化的方式将之清除，写下思考：死去，构建了一个谜题，直到在它消失之时，一个无法逾越的空间。思考和死去的非相关性是他们关系的形式,而不是思考向死去迫近,向它的他者迫近,而非更倾向于向它的同一迫近。自那里开始,"状似"急冲猛进:既非他者也非同一。

在思想的缺席和死去之间,有一种上升的衰落:我们越是在思想的缺席(确定)中思考,就越会让我们提升,一步一步,迈向绝壁。从顶峰落下,末日到来。思考只是上升或衰落,却没有已确定的思想来让自身止步,或复返至自身。因此,它的眩晕,作为平等的眩晕,因为死去总是平等的,总是平摊至每一个人。

❖ 如果说精神是永恒主动的,而耐烦已然是非精神,肉身在受苦的被动性中,如行尸走肉一般横陈,或是浮于表面,在语言之下,书写对象的非精神性:在这个意义上,生命本身,如同生命之阴影,馈赠或生命之消耗直至死亡。

❖ "已经"抑或"永远已经"是灾异的标志,历史性的故事的外界:我们何为?谁不是我们?——在承受它之前将要承受,超越之步伐的忧虑不安。灾异是指示它的名词的非所有物,是专有名词的消失(德里达),既没有名词也没有动词,而是以不可见性与不可读性来消除自我呈现和被诉说之物的残余:没有结果也没有剩余的残余——又是耐烦,被动,当删除(Aufhebung)停止时,变成了不可操作。黑格尔:"无罪只是不作为（操作的缺席）。"

❖ 灾异是这样一种时间,我们无法通过欲望、诡计或暴力发挥我们所寻觅的生活的作用,也无法维持这种生活,在这一时间中,否定缄口不言,无限静寂(沸腾)取代了人。这种无限静寂无法被代言,也无法被理解。

❖ 在只与之相联的情形下,他们不会想到死亡。

❖ 关于被书写之物的一次阅读:掌控死亡（已完成的生命）的人,也解放了死亡的无限性。

❖ 语言的被动性:如果我们使用黑格尔的语言,并对它作些许改动,则可以宣称——概念就是死亡,是自然生命和精神生命的终结,死去是生命之晦暗,这是对生命的超越。不行动、不作为、不存在、没有死亡的生命是不持久的,永恒的无法持久的事物将我们冻僵,而当我们没完没了地结束言说,仿佛在大限来临之后的诉说,倾听那已经成为过去的回声,正在经过:过程。

❖ 他者永远都是他人,他人永远都是他者,从一切所有物中解放出来,从一切原义中解放出来,从光的所有信号中解放出来。

❖ 死去,绝对意义上说,是无法停止的迫近,生命正是通过这种迫近在向往中延续,那些永远已经发生的事物的迫近。

❖ 受苦因无罪而痛苦——因此它在伺机获罪来减轻自身的沉重,但是它所有的被动性逃避了一切错误:在失败之外的被动性,不可被救赎的受苦。

❖ 灾异只在其不停地缺失中才存在,自然的终结,文化的终结。

❖ 危险不在于灾异成形,而在于灾异获取意义。

❖ 书写,是在非形象中"塑造"缺席的意义(并非意义之缺席,也非缺少潜在性或潜伏性的意义)。书写,是带某物至表面,如同缺席的意义:是接受被动的推力,而这推力还未成为思考,就已经变为思想的灾异。缺席的意义维持超越失却的推力的断言:死去的推力将带来失却,失却之失却。不通过存在而产生的意义,在意义之下,意义之叹息,过期之意义,对书写的评论的难度由此而来,因为注释有所指并生产意义,不能支持缺席的意义。

❖ 写作的欲望，欲望的写作。求知的欲望，欲望的求知。不要相信我们通过次序颠倒而说出的内容。欲望、写作不停留在原位，交替地将其一置于另一个之上，这不是文字游戏，因为欲望永远都是对死去的欲望，而不是心愿。但是，和要求（Wunsch）以及非欲望相联系，穿越书写的无力的威权和书写一样，是被欲求的撕裂，不被欲求的，承受一切直到不耐烦，正在死亡的欲望对死去的欲望，我们一起经历，没有巧合，在最后时限的黑暗里。

❖ 关注缺席的意义。

❖ 不确定中，并通过不确定获得证实：不是一切碎片都和碎片化相关。碎片化的，是没有体验的灾异之威力，在愉悦和快感之外的碎片被标记，也同时被去除标记，永远受到某种成功的威胁。没有成功的、满足的或指出出路的碎片这一可能，错误的终结，这只会是因为一切碎片——即便是同一的——会重复，并透过重复而松开。

我们回忆。重复，非宗教性的重复，没有遗憾也没有怀恋，不被欲求的复返。重复：对极端的重复，总体的陷落，在场的毁灭。

❖ 知识只在边界中得以精炼，得以变轻，当真理不再包含它最终必须顺从的那一瞬间。并不为假的"非真"吸引系统之外的知识，在一种逆转的空间里，这一空间内，关键词不再主宰，重复不再是意义的操作者（而是极端的陷落），没有转向非知识的知识，不再以自身为根据，不再成为结果或生产结果，而是难以察觉的方式改变，自我抹灭：不再是知识而是知识的效果。

在永远必须从知识中解放出来的知识里，没有先于其到来的前者，也不会接替自身成为继任者，因此更没有知识的在场。不要运用知识，不要重复知识，理论的终结，理论占有并组织知识。"虚构理论"的开放空间，在那里，理论透过虚构进入死亡的危险之中。你们这些理论家，须知道你们会死，而理论是已经存于你们体内的死亡。要知道，了解你们的同伴。也许"没有理论化，你将寸步难行"是对的，但这一步终究会迈向真理的深渊。由此，沉默的谣言、缄默的强度升起。

当真理的主宰权终止，也即对于对错交替的参考（也包括偶然性）不再成为必须，这就如同将要说出的话语的工作，知识继续寻找机会，切入另一个空间，那里不再有方向。当知识不再是关于真理的知识，它将会变成这样一种知识：灼烧思想的知识，如同无限耐烦的知识。

❖ 当卡夫卡让一位朋友听见自己说，他写作，是因为如果不写的话,他将会发疯。他知道写作本身已经是一种疯狂,一种意识之外的清醒。失眠,用疯狂对抗疯狂:但他相信,他可以通过臣服于其中一种疯狂来控制这种疯狂,另一种疯狂让他害怕,是他自身的恐惧,这恐惧穿透他、撕碎他、使其亢奋。如同他必须要忍受没有停顿的延续的全部力量,接近于无法承受的张力,他带着惊恐说起,却又不是没有丝毫的荣耀感,而这种荣耀就是灾异。

❖ 接受这种差异:"必须"而不是"你应该"——也许因为第二种指向的对象是你,而第一种是法则之外的断言,没有合法性,不必须的需要只是一种确认?一种暴力?我寻找被动性的、被耐烦侵蚀的"必须"。

❖ 但是某物限制我投入这场古老的、无限的、意义之外的冒险,而在灾异的核心,我继续寻找这一核心,如同寻找不会到来的人,等待它,而它就是我等待之耐烦。

❖ 我们假设,每个人都有私下的疯狂。没有真理的知识将会是作用于这种深刻的独特性之上的工作与倾听。这种"私下"疯狂的相似物,条件至少是我们通过它试图沟通。

❖ 如果两难困境在于:要么发狂,要么死去,那么不会没有回答,发狂将会是致死的。

❖ 在他的梦里,除了做梦的欲望别无其他。

❖ 在尼采之后,当我说"必须"——是"必须"和"缺乏"一语双关,我也会说:缺少、跌落、它在欺骗。这是坠落的开始,在跌落的时候,法则在发号施令,由此,仍像法则一般脱身。

❖ 他能阅读一本书、一部作品、一个文本——并不总是如此,并不总是如此,他能吗?——因为他在失却它的同时也保留了和书写的关系。这并不意味着,他最愿意阅读那些他最饱含欲想去书写的——没有欲望的书写从属于耐烦,写作的被动性——但是,那些压倒写作的,让暴力变成血红色并同时毁灭它,或者,更简单或更神秘地,适合无从记忆的被动相关联,匿名性,绝对的审慎,人类的弱点。

❖ 永远不要尝试让写作变得无法攻破,暴露于某种还原性的评论的所有风向,永远已经被染指,保留或打击。

❖ 法律的意图:让囚犯建造自己的监牢。这是概念的时刻,系统的标志。

❖ 在黑格尔的系统中(也即在所有系统中),死亡在持续地完成,却没有任何东西能在死亡中死去,在系统之后存留下来的,没有存留的残余,死去的推力在它重复性的新中。

❖ "肉身"一词,它的危险,它极其容易给人以我们所持的在意义之外的幻觉,并未和潜意识与意识互相传染。自然性的,大自然之阴险的复返。肉身没有归属,不朽的必死,不真实的,想象的,碎片化的。肉身的耐烦,这已经又是思想了。

❖ 说:我爱萨德,却与萨德无关。萨德无法被爱或者被支持,他所写的让我们彻头彻尾地误入歧途却又同时彻头彻尾地被诱惑:歧途的诱惑。

我们将它摧毁,我们解放了星辰——从此不再发光:它滚动黑暗,灾异的星辰,消失了,正如它所愿,在无法对其声誉进行命名的坟墓中。

但在萨德的文字里的确有一种讽刺(解体的权力),那些无法预感到这种讽刺的人,阅读体系内的某个作者吧;没有什么能用一种严肃的方式说出,或者说它的严肃是对严肃的嘲弄,如同激情透过寒冷的、秘密的、中性的、懈怠的、无限的、被动性的时刻经过。这是巨大的讽刺——而非苏格拉底式的:假装的无知,但是不相宜的饱和度(当一切都不再合适),巨大的掩盖,一切都被说出,再被说出,并最终被杀死。

❖ 永不或者抑或,简单的逻辑,也并非这两者之整体以辩证性的强制性的没有风险的矛盾的方式显现出来作为终结;一切二元性,一切二元对立性(相悖或共存,这如同不共存)"吸引"在交换的便利下存在的思想:将会掂量清楚。生之本能(Éros)与死之本能(Thanatos):两种力量,其一主宰,分割还不足够,未完成的辩证性,没有死亡的冲动,死亡的推力意指从单位中拔除,发狂的多样性。

❖ 我回到碎片这个问题上来:永远不会是独一无二的,它没有外在的界限——它跌落时所指向的外界并非它的阈限。同时,也没有内在的界限(这并非是刺猬那般向自身闭合),但是严格的某物,并不是因为它的简洁性(它可以像濒死那般漫长),但通过收缩、收紧直至逃逸:网眼总是被挣破(不缺网眼),没有完满,没有空虚。

❖ 写作已经(仍然)是暴力:在每个碎片中,有断裂、裂痕、分割,被撕碎之物的撕碎,尖锐的独特性,磨尖的刀尖。但是,这场战斗是为了争取耐烦的辩论。名词被用尽,碎片再成碎片,粉化。被动性化为耐烦,沉沦的利害关系。

❖ 沉沦,坠落的欲望,作为坠落的推力和吸引的欲望,我们总是几人一起坠落,多重性的坠落,每个人都抓住作为自我的他者,多重坠落是自我的接替——分散,这种滞留也意味着加速本身,让人惊恐的逃离,死亡之外的死亡。

❖ 我们无法"阅读"黑格尔,除非不阅读他。阅读他,不阅读他。理解他,误读他,拒绝他,这都取决于黑格尔自己,或者这无法发生。只有这一"非场域"的强度,在不可能性中曾经有这一"非场域",让我们为死亡做好准备,阅读之死亡,写作之死亡——让黑格尔鲜活,在已完成**意义**的欺诈中。(黑格尔是骗子,而这让他无法战胜,对他的严肃性入迷,捏造**真相**的人;"给出变化"直至变成讽刺的不为己觉知的主人——西尔维娅·阿加辛斯基)。

❖ 谁在系统中跛行,谁在摇摇晃晃?这个问题也是站不稳的,不能成为问题。超越系统的是失败的不可能性,也即成功的不可能性:最终,我们什么都不能说,有一种方式来缄口不语(写作那有空白的沉默),这种方式停止了系统,让它无所事事,交付给讽刺的严肃。

❖ **澄清的知识**,无论这些术语多么不恰当,我们都只能在言语用尽自己否定的权力、断言的威力之后,保留或承载澄清的**知识**时让碎片化的写作书写。在言语之外的写作除了知识的终结(没有终结)、神话的终结、乌托邦的腐败、收紧的耐烦的严峻之外,别无其他。

❖ 不知名的名词,在命名之外:种族灭绝,是历史上的绝对事件,在历史上标定日期,在这一统统付之一炬之中,一切历史也被点燃,一切*意义*的运动被损坏,没有谅解,没有赞同的馈赠,统统付之一炬也被摧毁,不为任何能被表现、被否认、被动性的馈赠,无法被给出之物的馈赠留下场域(lieu)。如何保存它,是在思想中吗,如何把思想变成那些保留种族灭绝之物,在那里,一切都已失去,包括保卫性的思想?

在死一般的强度中,数不清的哀号之中的逃逸的沉默。

❖ 在死亡之中比死亡更强烈的是死去本身——死去的强度,无从欲想的不可能的推力直至变成被欲想之物,死亡是权力,更是威力——因此是有限的,它确定一个期限,因为它已经指定了一个被说出的日期,偶然的且是必需的。它推迟了一切,把它们推向一个没有被指明的日子,但是死去是"非权力",它从在场中被拔除,它永远都是对门槛的超越,它排除一切期限、一切目标,它无法解放,也无法掩护。在死亡之中,我们能如幻觉般地遮蔽自身,坟墓标志着坠落的停止,殓房是绝境的出口,死去是流逝,在逃逸中无限地、不可能地、强烈地拖曳着。

❖ 灾异的失望,不满足期待,不让它自行总结或者自行结束,在所有方向之外,就如同没有方向或者是单纯的迷失。

❖ 欲望同星辰之遥远相互联系,向天空要求,向宇宙呼唤,在这个意义上来说,灾异将透过不可欲求的不可能的深深吸引从欲望中发生逆转。

❖ 意识清醒,星辰之光,是对于提出问题的白日的回应,当夜晚来临时的困眠。"但是在那些从不入眠的人眼中,谁能藏得住呢?"清醒既没有开始也没有终结,清醒是中性的,"我"没醒:我们醒着,夜晚醒着,永远是永不停顿,挖掘夜晚直到另一个夜晚,在那里,睡眠将是不可能的,我们只在夜晚醒着,夜晚对于在运用和完成的警惕性是陌生的,并且有清晰的理由,并朝向它应该在思考中保持的,即在身份的保留之中,醒来意味着这种警惕性在被运用,在自我完成并将清晰理性带向它在思索之中必须保留之物,即对身份的保留。清醒是它异:它不会被叫醒,如同它来自从早就来到的睡眠中。一切都处于清醒之中,永恒的瞬间的向清醒的不可能性的复返。此物醒了:没有审查,没有监视。灾异醒了,当清醒存在,向潜意识开放的沉睡的意识,放任梦境之光点亮,醒来的人和醒着或者在睡眠之中睡去的不可能性,不会显出光彩,不会蓬荜生辉或交相辉映。谁醒着？确切地说，这个问题被清醒的中立性所排除：没有人醒着。醒着不再是作为第一人称醒着的特权，而是没有权力的能力所及范围，夜晚中向他者曝光，那里，思想放弃了警惕性的严峻性，世俗的明智，敏锐的控制而投身于失眠的无限延滞之中，没醒来的清醒和黑暗的强度。

❖ 失望在灾异内部工作，如果灾异没有像外界的惊恐不安那般被标记。坠落和逃逸在外界是静止的——流动的静止。失望不会让例外停在高处，而是使其不停地从可理解之域及能力范围内（没有外延没有内涵）坠落。例外逃离，失望逃避。意识可以是灾异性的，不停地成为意识，它不复返，但它迎接颠覆。只有从现在中被拔除的复返，会从意识——潜意识中逆转。

❖ 在夜晚，失眠是对话，并非用论据相互碰撞的那种工作，而是，没有思想的极端晃动，碎裂般的震动直至恢复宁静（在《城堡》一书中，注释不断往复，失眠的故事）。

❖ 给予，并非给予某物，也不是被给予，因为给予意味着保存和拯救，如果人们给予之物的特征是没有人能把它从你这带走、收回、取回，自私的顶峰，占有的诡计。馈赠不是自由的权力，也并非自由主体的崇高实践，只有在我们不拥有此物时才能成为馈赠。在限制之下并超越限制之外。在无限折磨的情愿中,在那里,什么都没有,除非,在世界之外,诱惑和他者的压力:来自灾异的馈赠,来自我们既无法要求也无法给予之物的馈赠。馈赠的馈赠——无法将之取消的人,没有捐赠人也没有受赠人,使得在此刻的世界之中和缺席的天空之下无事发生,甚至未曾到来的物件到来。正因此,谈论失去,纯粹的损失,状似纯粹的损失之物,即使言语从未是安全的,似乎仍是一种便利。

❖ 欢愉,痛苦,尝试只保留此二者的强度,很低抑或很高——这不重要,没有意愿:你并不在你自身中,亦不在你自身之外生存,亦不接近于物,而生命之鲜活经过,使你在天体空间之外经过,在没有在场的时间之中,那里,你的追寻不过是徒劳无功的。

❖ 欲望,同星辰勾连——星辰的巨大欲望,宗教的或怀旧的,惊恐的或宇宙的,自此,它无法从中拥有灾异的欲望。醒着是没有醒着的欲望,无从欲求的黑暗的强度(在欲求之外的)。

透过忧愁的折磨,我们不会被我们的外界呼唤,但是会被滞留在安全空间,缓慢步入遗弃。

灾异:没有近似值的接近的符号,忧愁消散以便让位于关怀。Die soglose Nacht①，无忧无虑的夜晚，而当那些醒着的人无法苏醒。但是夜晚，第一夜，依然忙碌，还未停止昼行活动的夜晚，即便人们不入眠，暴露于困意之中，人们仍然与存在于这个世界上的身体保持着关联，只是在一个缺少休息的姿势中。

如果我说，灾异醒着，这并非是为了给醒着一个主语，而是为了说，在挂满星辰的天空中，醒着不会发生。

❖ 经验，如果它不是一个已经经历过的事件，且不牵扯在场的现在时，就已经是非经验了（除非否定将它从发生的、已经过去的危险中抽离）。它自身的过度，尽管它如此肯定，但它并未发生，没有能力在一瞬间着陆或停顿（它是活动的）或者在某个炽热点被赠送，它只标记了炽热点的排除。我们感觉到，无法有灾异的经验，我们把这理解为经验——界限。而这正是它的特征之一：它撤销了一切经验，它回收了主权，只有当夜晚醒来，不再监视时，它才醒来。

❖ 希望它不会成为**任何事物**的问题，成为**任何人**的问题。

❖ 生命的鲜活，是不满足于鲜活的在场的更加鲜活，它用

---

① 原文为德语，意为无忧之夜。

尽了在场之人直至豁免,非在场和非存在的没有模范的模范性,在鲜活之中的缺席,没有来到的永恒回归。

❖ 沉默也许是一个词语,悖论性的词语,词语的缄默性(依照词源学的规则),但是我们感觉到,尽管它借由哭喊经过,没有声音的哭喊,分割一切言语,不指向任何人也没有人接收,哭喊落在了诋毁上。哭喊如同书写(同样,鲜活早已超越生命),哭喊趋向于超越一切言语,即便它任自己如同语言之效果一般被收回,既是突然的,也是耐烦的。哭喊的耐烦,不会停顿于非意义之上,停留在意义之外,被无限地悬置、诋毁,可解码的、不可解码的意义。

❖ 在服丧的工作中,并非是痛苦在工作:它醒着。

❖ 痛苦,切割,分割,使之鲜活,那些无法被再次经历的,即便存在于记忆中的。

❖ 灾异无法让思想消失,但是,可以使从思想中产生的事物消失,问题和难题,肯定及否定,静寂和言语,符号和非符号,然而,在没有黑暗的夜晚中,它自身的现在的退隐中,思想醒了。从一种被扭曲、被捏造、邻近的知识中我所知道的——不与真理勾连的,是不允许苏醒,也不允许睡眠的清醒,这种清醒让思想没有秘密,被剥夺一切隐私,缺席的肉身,暴露于自我的免去,除非连续不断之物停止,没有生命的鲜活和没有死亡的死去的交换中,最低的强度也不能提升期待,无法终结无限的拖延。如同清醒温柔地、被动地让我们步下永恒之梯。

❖ 词语,几乎被剥夺意义的词语是嘈杂的。意义即有限的沉默(言语是相对沉默的,如果它承载着它暂时离开的一切,缺席的意义,偏向示意无能。)

❖ 如果有一种坚守的原则,顽固的命令,死亡之制造谜团的依据,由星辰逆转,被宇宙秩序的不确定的确定性所扰,不再有关于宇宙的情形,没有同意,亦没有接受,完全被动的耐烦将我们抛向(生命之外的生命里)存在的停顿。死去的推力让我们跌落在无从欲想的灾异之中,一切意义上的延续性和非延续性,同时被给予,挫败了坚守着的严肃和严厉,如同必死之游戏的耐久性。

❖ 希望被书写之物在沉默中回响,让它长久地回响,在复返至静止的和平之中,那里的谜依然醒着。

❖ 克制自己不在坚守的原则的保护之下生存——如同坚守的存在,由此死亡保留了神秘性。

❖ 写作，不将自己置于艺术之上，要求我们不更偏爱艺术，将它抹去如同它自行抹去。

❖ 不要原谅，在原谅之前，原谅在指责；指责，肯定错误，它让错误变得不能饶恕，它坚持指责直到有罪，由此，一切变得无可修复，馈赠和原谅停止成为可能。

只原谅无罪的。

原谅我原谅你。

唯一的错误在于位置：成为"**我**"，而当我自身之"**同一**"没有带给它身份，仅仅是循规蹈矩的，为了允许从**自身**到**他者**的无限勾连，因此，尝试（唯一的尝试）重新变成**主体**，而不是暴露于没有主体的主体性和死去的空间中的赤裸。

我不能原谅，原谅来自他人，但是我也无法被原谅，如果说原谅是对自我的质疑，对被给予的苛究，对自我的忽略直到最被动的状态。如果原谅来自他者，只能让它来到，决定权并不属于它，它也无法达到确定性。在《审判》中，我们可以相信，被判处死刑的是原谅，是无休止的终结；只是并没有尽头，因为卡夫卡补充说：羞耻幸存，也即无限，对生命的嘲笑，如同超越生命之外。

❖ 疏忽：有一种疏忽是轻蔑的无感，也有更加被动的疏忽,超越利益和计算之外,让他人成为他者,让它在暴力之外,经由这种暴力,它将被抓住、被理解、被独占、被定位、缩减到自身。疏忽并非是对自我比对他者更加关注的我的态度——它让我从一切自我中分神,是将**"我"**剥除的消遣,将它暴露于完全被动的激情中,没有目光的圆睁的双眼,我成为无限的缺席,当不幸不能承载目光,目光也无法负荷,任由打量,接近,或者安抚。然而疏忽,一直暧昧的疏忽,要么是不明显的轻蔑的极致,要么是给予的审慎的极限直到抹除。

❖ 在笛卡尔式的确证"我思故我在"中,奇怪的地方是,它只通过言说来自我肯定,而言语又确切地使之消失,将"思"(cogito)中的"我"(ego)悬置,将思想抛至没有主语的匿名性,向外的隐私性,用无所欲求却又诱人的一次死去的深度缺席来替代生命的在场("我在"的存在),"我思"(ego cogito)被发出来就已足够,为了停止被宣告,确信无疑,没有坠入怀疑,停留在非怀疑,即,未受损的,被分裂语言的沉默以看不见的方式摧毁。确信无疑是它的流动,迷失于它的自身,并将它变成它的损失,因此,我们可以说,笛卡尔从不知他在说话,也不知道他保持了沉默。正是在这一条件下,美丽的真相被保留。

❖ 对于柏拉图而言,根据属于他的辩证法,在一次令人头晕目眩的发现(另外,也是危险的,因为不是没有残余),他者的他者是**自身**;但是,如何在重叠中不听到重复性的工作在分割、挖空、去身份化,收回与他者的(异化的权力)相异性,不停止把他让与他者,总是透过逆转和复返的祝圣仪式更加他者化(不是抬高,而是超出)呢?

❖ 疏忽:疏忽的强度,醒着的远方,超越注意力之外,为了注意力不局限在重视某物,甚至重视某人,甚至重视一切,忽视,既非否定,也非肯定,而是过剩,也就是说,没有意向性,没有反感,没有时间的狂喜,必死的疏忽,对此我们没有自由——权力——来同意,甚至没有自由来让我们通行。(在自我放弃的同时让我给予),疏忽的、诱人的、粗心大意的激情,当星辰闪耀,在无拘无束的天空中,在承载他的大地上,标记了推动力的方向以及永恒**外界**的不可进入。当宇宙的秩序继续存在,却是作为狂妄自大的、无力的、有失身份的统治,在天体空间那幽微的光辉之下,没有光线的光亮之中,在那里,统治权被悬置、缺席、永远在那、无止境地投向死去的法则,在坠落自身之中,就像死亡那没有法则的法则:法则的他者。

❖ 如果同星辰的分离能以一个事件的方式趋于完成,这将是透过被撞伤的空间的暴力;如果我们能够从宇宙的秩序中走出来,无论这种混乱是否可见,秩序井然永远都会占有上风。关于灾异的思想,在被推迟的迫近中,自愿寻找一种经历，透过这经历，我们只能放任自己被重新抓取，而不是被暴露在一次静止不动的逃逸中藏匿起来的那些人面前，远离生者和濒死者，在经验之外，在现象之外。

❖ 只有处于中间的体制可以被肯定或被否定，但是，没有位置可安置肯定或否定，当最高值的压力和最低值的抑郁（在白热化状态中汽化那最诚挚的欢愉——这欢愉最为动荡，那些在痛苦之中的跌落于痛苦之下——过于被动而不能被承受：它无法承受的平静），切断可被意指之物的所有关系——在场或缺席——在一句话中；解除勾连直至中性状态，没有任何语言能支配的中性状态，无论它是否从中分离，不停地被移动。

强度无法以高或低的方式说出，如果没有重建价值之梯级，以及低下的道德之准则。无论它是能量还是怠惰，它都是差异性的极致，存在的过剩（正如本体论所要求的）。这种过剩，作为绝对的失序，不承认体制、宗教、法则、方向、建立、反动，更不接受他们简单的对立面，以使它摧毁它所指出的。透过灼烧思考它的思想，并强制它进入这种衰竭之中，超验和内在都只不过是熄灭的闪闪发光的形象；写作总是提前失去的写作标准，写作也排除了一个无限的过程，而一个无形的碎片似乎包含了这个过程，而这个碎片预设了一个延续的平面，它切入了这个平面，如同它假定了一个它与之决裂的经验——

透过间断而延续,被沉默诱骗,在同样的缺席之中,已经将我们托付给了复返的灾异。

强度:这个名词吸引人的地方,不仅仅从通常意义上来说它避免了概念化,而是它在名词的复数中被解除,被命名,当它们一被任命,分离执行中的威力,标记一个方向的意向性,符号和意义,铺展的空间和着迷的时间,带着这种尴尬,它看上去重构了某种肉身的内在性——鲜活的活力——透过这种活力,意识—潜意识的枯燥无味的说教再次被铭记。自那时起,必须要说,只有外在性,在它绝对的差异之中,在它无限的去身份化中,让灾异性的诱惑重归强度,使之避免被呈现在知识的剩余之中,在信仰之中,在使之复返之思想之中,但是,自我超越的思想,只不过是这一复返的一次酷刑——反驳。

❖ "强度",这一差异性词语,这一由克罗索斯基(Klossowski)引导我们到达的差异性词语,为了让这一词语将我们否认,并提防它成为一个关键词或者是恳求之词,仅仅是提起就已经足够,只为了让缺口被打开,让意义流出,噤声,允许我们一劳永逸地逃离它的限制。(F. 施勒格尔:"强度的无限性。")

❖ 在沉默的外界——沉默之沉默。无论用什么方法,都无法和语言产生关联,不会来自那里,而是永远从中抽离,在夜间看护那些没有开始也不会结束的人。这个夜晚,没有他者接替他人,在**伟大的抗辩者**及骗人的**他者**的特征之下,笛卡尔尝试确认的是那些不仅仅作为轻视证据的角色——观点(视线)的声明——也不会追踪疑虑的作品(双重性,对于同一的简单分享,这种"同一"将会继续被保存),但是动摇了作为他人的他者,幻想和严肃性——欺骗,双关,哑的言语如同说出的缄默的可能性随之崩塌,不再让讥讽的文字绘出符号,即便这种符号没有任何意义,即使,透过沉默之沉默,沉默不来自语言(它的外在)——透过重复性,穿透对灾异之复返的嘲弄(停止的死亡)。

❖ 这些名词,分裂之所,精神之缺席的风不从任何一个方向吹来:思想,当它借由写作被解除直至碎片化。**外在。中性。灾异。复返。**肯定不构成系统的名词,在它们所有的险峻之处,以一个专有名词的方式,不指涉任何人,滑向一切可能意义之外,除非这一滑动构成意义,只留下滑动的微光,不再点亮任何事物,不是这界限未名的意义之外。名词,被比它们先到的缺席所毁坏、所干扰的域内的名词,名词所承载的缺席,如果,挖空一切内在性,它们不会在它们之外耸起(借由坠落之无限性被石化的深渊之石),除非我们不能尝试修复这一他者语言的残余,除非将他们重新置入世界或重新使之亢奋,直至超世界,在它们永恒隐蔽的孤独之中。他们只能成为稳定的中断,不可见的退隐。

❖ 永恒复返至时间之路,我们既没有超前,也没有推迟:迟即早,近即远。

❖ 碎片被书写,如同未完成的分离,它们所有不完整的、不充足的、失望的工作,是它们的偏离,既是不可统一的,也非坚实的迹象使标记之间有间隔。思想,借由拒绝和被拒绝,转瞬即逝的全体之象征,虚拟地打开和关闭全体的缺席,除非,完全被吸引,它在那里停下来,被不会中断的醒来擦除。由此,我们不能说那里有间歇。既然,注定要有部分变白的、将它们分离的碎片,在这分离中找到的不是将它们终结的事物,而是使它们生命延长的,或是使它们等待将使之生命延长的,已经使之生命延长的,通过使它们持续地借由它们的未完成,准备好借由不会疲惫的理性使之工作,而不是停留在言语丧失的层面,放置于一边,没有任何一种设计能够完成的没有秘密的秘密。

❖ 在读这些古老的句子:"灵感,这一无法终结的游移不定的言语是漫长的失眠之夜,是为了借由从此处逆转来否认此处,作家来到此处开始真正进入写作,这是将它送返至可入眠的世界的活动。"还有这一句:"我做梦的地方,它醒着,警惕性是梦境的惊喜,那里,没有一个人的在场是在一个没有延续的现在时中醒着,在非在场中,没有任何存在会突然发生,句法结构是以无人称的'它'开头。"为什么会有如此回响?为什么?尽管它们关于无法终止的醒觉所言说的,是在梦境之后依然坚守,是关于失眠后的灵感之夜,这些言语听起来,需要被重拾、被重复,为了逃避使它们活跃起来的意义,为了被它们自身逆转,被使用它们的言语逆转?但是它们又多次重新在人们以为自己已经停止从属于之物中插入保险?它们仿若真理,它们说起某物,它们企图连贯,它们说:你思考它耗时已久,你被允许重新思考它,修复这一理性的延续性,这一延续性构建系统,使得一种保障机制在过去开始运转,使之变得主动,引用的,指示的,阻止不可见的毁坏,永恒的醒觉,在意识-潜意识之外,变为中性。

❖ 等待的话语,也许是沉默的,然而并不会将沉默和说分离,而是将沉默变成一种说,在沉默中说沉默的话,因为必死的沉默不会缄口不言。

❖ 碎片化写作就是风险本身,它不求助于某种理论,它不会被定义为中止的实践。被中止,它延续。在自问的同时,它不窃取问题,而是将它悬置(却不将它维持)在非回答中。如果它假设只有当一切——至少理想的状态下——自我完成之时才会拥有自己的时间,因而这时间永不会确定,是非否定的意义上时间的缺席,在一切过去—现在之前,如同在即将来到的在场的一切可能性之后。

❖ 如果,在所有词语中,有一个词语是"非真"的,那一定是"真"这个词。

❖ 碎片化的苛究,极端的苛究,首先是被慵懒地掌握着,如同停留在碎片、草图和研究之中:还未成形的作品的前期准备或边角料。愿它穿越、颠覆、毁灭作品,因为它,全部、完美、完成是耽于自我,这是施勒格尔所预感的,但它最终逃离了它,除非我们可以指责它帮我们达成的无知,它依然帮助我们认清在同一时刻里,我们与之共处的时刻,碎片化的苛究和灾异相联系。但是在这灾异中,几乎没有灾异之处,我们必须学会在几乎永远不会知道它之时思考它。

❖ 碎片化,是如此紧密的结构,以至于必须打散才能触及,并非透过一个分散的系统,也非作为系统的分散,而是打碎成片(撕碎),将作为整体未预先存在的(真实或理想化地)打碎成片(撕碎),也不能聚拢在一起,无论这是否在未来的在场中。时间化的间距,只能够作为时间的缺席被似是而非地理解。

❖ 碎片，作为碎片中的一片，意欲拆解它预设的整体，被它带向解体的整体。因此，它不会成形（严格意义上说），它暴露于这种解体，同时和一切身份一起消失，作为消失的能量，重复的能量，无限的必死的限制，或是作品缺席的作品（为了重新说起它，重述它之时使之缄默）那样被维持。由此，**系统**——借由讽刺而上升至绝对之绝对的**系统**——的欺诈性，对于系统（大写），是一种通过失信来确立权威的方式，碎片化的苛究予失信以信用。

❖ 碎片化的苛究向它打发走的**系统**示意（如同它从理论上打发走作者的自我），不停地将系统推向现在，因此，在交替轮转之中，另一术语不能完全忘记它需要其存在以取而代之的第一术语。准确的针对**系统**的评论不包括（如同我们最常以此自满的）发现它的错误或不充分地解读它（这常在海德格尔身上发生），而是使之变得不可战胜、不可评论，或如同我们说，不可错过的。于是，任何东西都不能透过它无处不在的单位、透过一切的集合逃离它，它已经没有位置留给碎片化写作，除非如同不可能之必须那般挣脱束缚：透过书写在时间之外，在一个悬念之中，毫无保留地打碎单位之印，确切地说，是通过不打碎这种方式，在不知不觉之中将它置于一边。由此，碎片化的写作不属于"一"，因为它同显现相分离。同样，它并不暴露作为经验的思想（我们在某种形式中理解这个词），作为一切之完成的思想。

❖ "有一个系统，对于精神而言是必死的，没有系统，也是必死的。由此产生同时支持两种需求的需要，在失去它们的过程中。"（施勒格尔）

❖ 施勒格尔所说的哲学之于写作的价值是：我们只有在从不是作家时才能成为作家，当我们成为作家后，就已经不再是作家了。

❖ 一切美皆来自细节，瓦莱里大致是这么说的。但是，这只有在存在一种细节之艺术不再以整体之艺术作为基准时，才是成立的。

❖ 所有必要的怀疑主义的不便之处（或方便之处）在于不断地提高确定或真理或信仰的标杆。我们借由过于相信的这种需要而使自己什么也不再相信，因为我们依然在什么也不相信之时过于相信。

❖ 抛向作家的这个问题有多荒诞——请问你是否每个部分都能够称为作家，即，作为整体的你，你自身是否也是鲜活且激烈的书写？这也许是要判作家死刑或无知地为它唱响哀乐。

❖ 碎片化的苛究要求我们预感没有任何碎片，这并非严格地说，而是不严格地说。

❖ 当不企图证明之时，肯定忽略过程。

❖ 我寻找那些会说不的人。因为说不，是带着一声巨响在说："不"注定要去保存。

❖ 经由写作而来到的并不遵循来到者的秩序。但是谁允许你断定就不会有如同写作一般的事物来到呢？或者说，写作难道不是如此，它永不需要突然来临？

❖ 某人（克拉维尔）曾写过苏格拉底，说是我们联手杀死了苏格拉底。这写作几乎不是苏格拉底式的。苏格拉底可不喜欢无缘无故就判我们有罪，也不会让我们对某一事件负责，因为他的讽刺已经提前将这一事件变得无意义了，无意义即有益的，并且他拜托我们不要把此事变得很严肃。但是，当然，苏格拉底只忘了一件事，就是他之后就再无人能成为苏格拉底。他的死杀死了讽刺。因为讽刺，他的审判者得到一切；

因为讽刺,我们这些虔诚为他哭泣的人,得以继续拥有一切。

❖ 非知识不是什么都不知道,也不是关于"非"的知识,而是那些掩盖所有科学的、非科学的,即作为非显现的中性。

❖ 我们筛查出来的一个"发现"变成了关于筛查本身的发现。

❖ 热内·夏尔(R.C)是这样的一个诗人,他达到了如此的高度,那就是自他开始,诗歌如同一个事件一般闪耀,并通过诗歌这一事件,所有事件都变成一个问题,甚至是诗歌问题。

❖ 对于无限推进的狂热只有作为狂热时是有效的,因为无限是所有推进的尽头本身。

❖ 很显然,黑格尔是基督教的死敌,但是,因为他是基督徒,如果他不会满足于只有一个中介(耶稣),他会把一切作为中介。只有犹太教不会使用中介的思想。正因此,黑格尔和马克思都反犹太教,如果说他们不是反犹主义者的话。

❖ 以诗的形式写作的哲学家瞄准的目标是自我毁灭,唯其瞄准,却无法达成。诗歌对于哲学而言是一个问题,哲学企图给它一个答案,并由此理解它(知道它),哲学让一切都成为问题,并因诗歌受挫,这是一个逃离它的问题。

❖ 写作之人被流放于写作之外:那里是他的祖国,他并非先知。

❖ 对自我不感兴趣的人并非那般无私,只有当他身上的无私能一直让他对传递一切兴趣的他人开放,他才是无私的。

❖ 写自传,要么是为了公开自我,要么是为了分析自我,要么是为了在世人面前曝光自我,以一件艺术品的形式,这或许是为了让自己成为幸存者,却是借由永恒的自杀——作为碎片的彻底死亡。

书写自我,是停止存在,为了将自己托付给某个主人——他人,读者——从此以后,读者的任务和生命便是使你不存在。

❖ 在这个意义上,"自我"没有失去,因为它并不属于自身。因此,自我如同自己的"非从属",如同永远已经失去。

❖ 作家如果没有致命一跃,他将写不出任何东西,这一跃必定是一种幻觉,因为,为了真正地实现,这一跃它必须没有发生。

❖ 假设我们可以以学院的方式说:莱布尼茨的上帝,存在,因为它是可能的;于是我们意识到可以说出它的反面:当可能性被排除,即成为不可能之时,真实是真实的,死亡也如此。如此,以更高的名义来说,灾异的书写。

❖ 只有一个已完成的自我(唯一的命定是有限性),必须要在他人之处识别自我,对无限负责。

❖ 只有作为无限时,我才是被限制的。

❖ 如果,正如列维纳斯以词源学的方式所断言的,宗教意指联系,使之成为一体,那反过来将单位打散的非联系呢? 那并未被卷入"成为一体"的共时性,却又没有切断所有关联,或者在这种分离,这种关联的缺席中没有停止开启新的关系? 为此,必然会成为"非宗教"吗?

❖ 无限—有限,是你吗?

❖ 如果你倾听"时代",你将听到它用细小的声音对你说,不要以它的名义说话，而是以它的名义让你闭嘴。

❖ 诚然，苏格拉底没有书写，只有讲学。然而，正是透过书写，他成为他者的永恒主题，并永远注定死亡。他不说话，只有探问。一边探问，他一边不停地打断并被打断，以讽刺的形式让碎片成形，并借由他的死亡将言语献给写作之烦扰，同样将前者献给唯一的遗嘱之书写。

❖ 在两个伪装的问句之间：为什么有某物而非一无所有？为什么是坏而非好？我无法辨认出人们企图辨认的这两种差异。既然，两句话都以无人称的"有"（il y a）开头，没有存在，也无虚无，没有坏，也没有好，没有无人称的"有"，所有都将崩塌，或者已经崩塌。尤其是，作为中性的无人称的"有"，轻视它所承载的问题：被探问，它讽刺性地吸收了这无法悬于它之上的疑问。即使它让自己被战胜，这失败也是不恰当的恰当；同样，和在它永恒重复之中的坏无限那般，如同真切地决定了它，当它（假装）模仿了超验，并揭露出它本质的模棱两可、不可能性，那么对于前者而言，是被真实或公证度量的不可能性。

❖ 死去意味着：死亡，你已经处于这种状态之中，在无从记忆的过去，一种不是你的死亡，你从未经历或体验，但处于这种死亡的威胁之下，你相信自己被要求活着，自此，从未来等待着它，同时，构建一个未来以使之成为可能，如同将要发生并将要属于经验的某物。

书写，是不再将永远已经过去的死亡置于未来，而是同意遭受死亡而不将它推向在场，也不让自己作为它的在场，知道它已经发生，尽管它还未被体验，在它所留下的遗忘中认出它，自行抹除的痕迹要求被排除于宇宙秩序之外，在此秩序中，灾异使真实变为不可能，使欲望不可欲想。

不确定的死亡，永远都列于先前，没有在场的过去的证明，永远都不是个人化的，同样，它超出一切（它预想一切的降临，它的完满，辩证法没有终结的终结）：在一切之外，在时间之外，它无法被解释，温尼科特也如是思考，只有通过只属于第一童年的交替更迭，当儿童被剥夺了自我之后，承受动荡（原生的烦恼）。这动荡，因其还未存在，故无从知晓，没有发生却已出现，晚些时候再引导成人等待它们。在没有记忆的记忆中，借由它布满裂纹的自我（要么是为了渴望，要么为了怀疑），在它完成或沦陷的生命中。或者，更确切地说，这不过是一种解释，并且，是很惊人的解释。一种虚拟的应用，目的是使那些无法经历死亡的人个体化或让不可表现的事物被表现，使人相信我们能够借助于传递，将无从记忆的陌生人定格在记忆的在场中（即现时的经验），也许是有疗效的逆转的操作。如果借由一种柏拉图式的方法，那些生活在迫近的崩塌的困扰中的人,它允许那些人说:这不会发生,这已经发生,我知道,我记得——修复一种真理知识,线性的共时。

❖ 没有牢狱,我们却知道我们都已困于囹圄。

❖ 必须的不可能的死亡:为什么是这几个词语——我们所指涉的未经考验的经历——它们是否未被理解?为什么在创造一个只属于作者的虚构性作品的同时来抹除它们?这非常自然。思想无法容纳它承载的事物及承载它的事物,除非它忘记了它,我有节制地说起了它,使用(或者说扭曲)塞尔日·勒克莱尔(Serge Leclaire)的激烈评语,根据此,我们只能通过杀死存于自身也存于他者的幼儿状态来言说,但是什么是幼儿呢?很显然,是那些还未开始言说也永不会再言说的人,但是还要补充的是,我们曾经存在于那些生下我们且看着我们出生的人(父母,整个社会)的梦境和欲望中的优秀(抑或可怖)的孩童,他在哪儿呢?根据精神分析的术语(我相信只有实践精神分析的人才能使用,也即,对于这些人而言,精神分析是风险,极端的风险,日常生活的问题——否则,它只能是已经建立的文化的一种便利性语言),曾经将它定位成"初级自恋性的表现",这意味着它是潜意识的永恒代表,并因此永远都是不可磨灭的。由此而生,严格意义上来说"疯狂"的困难:为了不逗留于幼儿未成形的状态和欲望的这边,则意味着摧毁不可摧毁的,甚至结束(并非一下子,而是持续不断地)我们所不拥有的,也未曾拥有的,更不将拥有的事物——即必须的不可能的死亡。并且,再一次地,我们因为死亡已经发生,未被定位也无法定位的事件,为了不在言说中变得缄默,我们只有在将自己托付给概念的工作(否定性)抑或精神分析的工作,这种工作只能引发在第一种死亡、不会停止的完成和第二种借由一种简单的简化,即被称为"有机的"死亡(仿佛第一种死亡没有这种特质)之间的"普通的混淆"之时,才能生活,才能言说(但到底是哪种类型的言语呢)。

但是这里,我们探问并回想起黑格尔的路径:这种混淆——被我们称为混淆的——能够永不被称为(出于便利地)唯心的花招变戏法——自然地具有意味深长的重要性之外的另样方式驱散吗? 是的,我们记得第一黑格尔。他也是,在我们称其为他的第一哲学之前,就已经在想这两种死亡是不可分割的。只是对抗死亡这件事,不仅仅是要去面对它或者暴露于它的危险之下(这也是英雄主义的特征),而且会进入它的空间,像忍受无限死亡或短暂死亡"自然死亡"那样忍受它,能够建立统治权和控制力:贬义的精神。它也许还荒诞地导致了这样的结果,让辩证性,死亡无从经历的经验松动,立即停止它,一切之后的诉讼的停止保留了某种记忆,如同必须永远用它来计算的疑难性。我不会展开讨论方法的细节,自从第一哲学产生,借由思想的神奇的丰富性,困难已经被克服。

这很有名。剩下的问题是，如果死亡、谋杀、自杀被执行，如果死亡通过变成一种无力的威力，之后又是否定性，来削弱自身，每次我们在可能的死亡的帮助下，不考虑没有句子的死亡、没有名字的死亡的必要性，在概念之外，甚至不可能性。

我将会加上一条评论，一句探问：塞尔日·勒克莱尔口中的孩童，光荣、可怕、专横的幼儿，我们只能通过不停地将孩子抛向死亡才能够达到一种生命、一种言语，只有在这个时候，我们才能杀死这个幼儿，确切地说，这难道不是温尼科特口中的孩子吗，那个在生存之前，就已经在死去中泯灭，死去的孩童，未有任何知识、任何经验能够将它定位在它的历史的最终的过去中吗？如此光荣、可怕、专横，因为，在我们不知不觉之中（同样，尤其当我们假装知晓它，说出它之时，如同这里），他永远都已经死去。我们奋力要杀死的，便是这个死去的孩童，而不仅仅是以将死亡带入生活并于自身维护它的存在为职能的人，而且也为了那些对他们而言，将两种死亡"混淆"的情形不能不发生，那些不允许我们将死亡"解除"，以废除（Aufhebung）的无用性来引发震惊，并让对自杀的反驳变成无用功的人。

我注意到，塞尔日·勒克莱尔和温尼科特奋力地，几乎是以同一种方式，让我们从自杀中逆转，并同时指出这并不是一个解决方法。没有更准确的了。如果死亡是那些从未一劳永逸地完成的事物的无限耐烦，自杀的短路则必然缺少虚幻地使那些因为永远已经发生而无法发生的事件的被动性变为积极的可能性。但也许必须要用另样方式来理解自杀。

可能自杀是潜意识(未苏醒的警惕性中的苏醒)在警告我们,在辩证法中有某物存在问题,让我们回想起永远要杀死的孩子是已经死去的孩子,并因此在自杀中——我们如此称呼它——简简单单什么都未发生,由此产生怀疑、害怕的感觉。这种感觉总是由它引发,同时,它也引起了反驳的欲望,即,使之成真,即不可能。自杀中的"什么都未发生"能够接收历史中某一事件的形式,借由此,借由这一勇敢的终结,一次创举的外在结果,这种形式使用一种个人化的表达方式:制造谜题的是,确切地说在杀死我的同时,我无法杀死我,是某种程度上的泄密,某人(或某物)使用一个消失的我——以**他者**的形象——为了向他揭露,向所有人揭露即刻逃脱的事物:为了知晓死亡的后遗症,古老的死亡的无从记忆的过去。没有现在的或未来(即将到来的现在)的死亡。自杀也许是一种欺骗,但是它的野心在于让另一种欺骗在某一时刻变得显然——被掩藏,另一种欺骗是有机的自然的死亡,如果这种死亡企图让自己与众不同以至于不再混淆,能够发生,却只发生一次的条件下,这便是唯一的无从思考的事物的平淡性。

但是自杀而导致的死亡同非自杀而导致的死亡到底有什么区别(如果有区别的话)? 区别在于前者,托付于辩证法(完全建立在死亡的可能性上,对作为权力的死亡的使用)是我们无法解读的晦涩神谕，正是借由这种神谕我们能够预测，同时不停地忘记它，这种神谕会一直存在直到死亡欲望的尽头。祈求他的死亡为权力并对其自身行使死的权力——正如海德格尔所言，打开了不可能性的可能性——抑或更甚，相信能变成无法控制之物的主人，任由自己投入一种陷阱，永恒地停下——一个瞬间。很显然，不再作为一个主体，失去他固执的自由，它在冲撞死亡，它之外的他者，如同冲撞未至之人，如同冲撞复返之人，在所有可能性的不可能性中（揭穿，以一种精神错乱的方式，辩证法，通过令它启动）。因此，自杀在某种意义上来说是一种演示（由此得来它的狂妄、怒气、冒失等特性），它要演示的是无从演示的，换言之，在死亡之中，无事发生，甚至死亡本身都未发生（因此会有它重复性中的无用性和必要性）。只剩下对于我们并非"自然"死亡的一次流产的演示，没有句子和概念（永远让人起疑的肯定）能表述的死亡，如果借由持续、非显形和先决的却无人完成的自杀，我们最终（当然，并非"我们"）吃下了历史终结的诱饵，历史终结之时，一切复返至自然（一种被预设为被歪曲的自然），当死亡停止成为一种永恒双重的死亡，仿佛耗尽了死去的无限的被动性，化归为自然之物的简洁，比一座小沙丘的塌陷更加无意义，更加无趣。

❖ "人们杀死一个孩子。"正是这个标题需要在结尾的时候提及，因其有不确定之力量。并非我本应该或永远要杀死我在第一时间曾经作为的那个幼儿，那个我已经不再是的幼儿，但至少依然存在于某些人乃至全体人的梦境、欲望以及想象行为中。有死亡和谋杀（我很严肃地激励大家来区分这两个词，并且必须要将二者分开），这里的死亡和谋杀，是一个无人称的主语"人们"、非主动也无责任的"人们"要回答的——同样，孩子是一个孩子，永远都是未定的，同任何人都还未产生关联。一个已经死去的孩子死去了，死于一种谋杀性的死亡，一个我们对它一无所知的孩子，尽管我们已经用出色、可怕、专横、坚不可摧来形容他：除这一点外，言语和生命的可能性，借由死亡和谋杀，取决于其于独特性之关联，虚拟且缄默的过去一起建立，先于历史，并因此在过去之外，永恒的童年显形，并在同时消隐。"人们杀死一个孩子"，别误读了这个现在时，它意味着操作无法一劳永逸地完成，也不会在时间中的某个优先时段里完成，它制造不可操作之物，它将做的只不过是摧毁（抹却）时间的时间本身，抹灭或摧毁或馈赠永远已经在未被言说的**上帝**的先到之中。写作的言语，因此远未到它被抹除之时，这种抹除将没有大限地永存下去，直至中断，而这种中断则构成了它的标记。

"人们杀死一个孩子"，这种沉默的被动，这种死去的永恒，要给予它一个临时的生命形式，以便能够借由一次谋杀来分割，我们尝试使它在一种缺失中使之与众不同却并非任何人的伴侣，在它的否定之中生存，在这"非欲望"中欲想，借由且背反它的"非言语"来说话。它什么也不是（知识抑或非知识），能够警告我们，即便用极少的词汇，最简单的那一句似乎都能将其传播（人们杀死一个孩子），而这一句却是从一切语言中拔除的句子。既然这是它在意识和潜意识之外将我们诱惑，每次它被给予我们、异于我们的，同他者之不可能的关系，去发出无法发出的话语。

❖ （一个原初场景？）你们后来活着的人，接近一颗不再跳动的心，假设，假设这样的情形：那孩子——他七岁大，或者也许八岁？站在窗前，拉开窗帘，透过窗玻璃，看着。他所看见的：庭院、冬树、房子的墙壁。不过，他很可能以孩子的方式看着，看着他游戏的空间，他渐渐疲倦并慢慢抬起头注视那普通的天空，带着云朵、灰白光线的天空——苍白的白昼没有远方。接着发生的：天空，同样的天空，突然打开了，绝对的黑暗与绝对的空无，显示（似乎窗玻璃已经被打破）出这样一个缺场，所有那些曾经一直有过的并且在那里永远丧失的——如此地失去以至于在那里被肯定着，而且消融了令人眩晕的知识，不会再有什么了，并且首先没有什么超越。这个场景中出乎意料的部分（它的无终止的特征）是幸福的感受，这感受直接就淹没了那孩子，那破坏性的欢乐，他只能靠泪水来承受见证，泪水无尽地涌流着。都认为他遭受了一个孩子气的悲伤，做了很多努力来安慰他。他不说什么。他将因此活在秘密之中。他将不再哭泣。

❖ 在辩证法中,某物产生问题,但只有辩证的过程,在它不可超越的苛究之中,在它永远被保持的完善之中,让我们思考,并非借由衰弱或不可接受性,而是在运行的过程中被排除在外的,为了使这运行的过程能无休止地延续下去直到大限来临。历史终结,已知的变形的世界在知识的同一中,被它自己所知,这意味着世界永远都在变化或者世界已死。同样人在其中不过是一过客,而主体,它智慧的身份不过是对生命的漠然,它一成不变的空缺:自它罕有地被给予我们那刻开始,即便这是虚拟性地借由最危险的游戏来承载我们,我们根本未从辩证法中解放出来,而辩证法变成了纯粹**话语**。这话语被说出却未吐一言,作为绝对性和全体性的游戏与关键之**书**(le Livre),在自我建构的同时自我解构,在不同形势下的"非"的工作,在其之后,阅读和写作被动员起来,为了唯一的"是"的来临。同时,永远在循环中反复,在这一循环中没有第一肯定,也未有最后肯定。

我们能够想象我们已经处于这一境界,由此产生了忧虑和语言的实践——理论,相对于此,必须被推测的**知识**不复存在,如同马克思对于黑格尔的颠覆:"从语言到生命"再次被逆转,生命终结,即被完成,使它给予一种没有指涉的语言(由此,变成研究自身的科学及一切科学的典范)说出一切的任务,同时对自己无穷无尽地言说下去。在对辩证法的否认的表面之下,这将导致延长辩证性的生命,在其他形式下,目的是,我们将永不能确定辩证性的存在是否企图以对其自身的抛弃来自我更新,从那些将它置于质疑之外的人中——无效。因此,它跟随,但也许它跟随的只是无物,甚至连也许这个词都不用加。我们也不会注定永远被辩证法拯救,必须首先要知道是谁允许怀疑,它是否可以,我不会说被反驳(反驳的可能性属于它的发展),而仅可以说是被拒绝,为何此处关乎的并非是首要拒绝——即对开始的拒绝,拒绝哲学思辨,拒绝进入并和苏格拉底对话,或者从更广泛的意义上来说,拒绝相较于沉默的暴力更偏爱已经在言说的暴力:偏好或决定,据埃里克·韦依(Eric Weil)的观点,如果没有辩证性,哲学性或知识都将无法存在。或者更确切地说,在辩证性的过程中,没有任何这一拒绝的存留物? 在这过程中延续,同时自我改造直至让位于被我们称为非辩证法的苛究? 或者更进一步说,在辩证法中产生问题之物,却依然使辩证法行之有效的能否与之分离,且在何等条件之下,要付出何等代价呢? 这将付出高昂的代价,极其高昂的代价——也许是以逻各斯形式存在的理性,但是否有可能是另一种形式呢? 是那些任由自己被预见,另样的预见,如果在辩证法之域存在其他限制,这些限制不停地产生位移,此时必须要天真地相信我们一劳永逸地跨越这些限制,指出知识之领域,写作之领域,这些领域依然显而易见属于它异。并且,再一次由于伴随它、歪曲它且强化它的拒绝,我们询问是否恰恰是以它的游戏规则操作时,我们刚好使之挫败,或者在它不该出错的地方使之出错。

埃里克·韦依提出,取代拒绝之位的——拒绝本无位置,也许必须在一切神秘主义之外,听见我们听不见的:不苟究的,灾异的且中性的苟究,无限被动性的破坏,在那里,无从欲望的欲望和对不死之死去的推力在相互接触勾连的同时又相碰。

❖ 如果我们发出"灾异"这个词,会感觉到这不是一个词语、一个名词,且通常没有一个分离的、名词性的、占优势的名词,而永远是整个错综复杂或简单的句子。在那里,语言的无限性,在它还未终结的历史中,在它还未关闭的系统中,致力于使自己借由动词的过程来被管理,并在同时,在名词和动词之间永未平息的张力中,坠入如同在语言之外却又从未停止从属于语言的停滞。

因此,灾异的耐烦将我们带入这样一种境地,不再对宇宙抱有任何期待,不对世界有任何期待。相反地,很多人,如果我们成功地将它从法则监督下的秩序中、从协调一致中以及如此的想法之中解放出来,而灾异,永远处于断裂之中的断裂,仿佛告诉我们"并无法则、禁令和违抗",但没有禁令的违抗最终将凝结于**法则,意义之原则**。灾异的冗长的、永无休止的句子:那些在构建谜题的同时也致力于被写下的,为了将我们从一元论的苛究中分离出来(并非一劳永逸地),而一元论的苛究必然时刻处于工作之中。宇宙,是否是一种方式,如同超验一般半遮半掩的圣人,希望变成内在,尝试和宇宙的虚拟性融为一体,并对亲人(近邻)那使人精疲力竭的生命起伏漠然视之,我们幸存的那一小片天空下,或者在斯多葛式的安详中,我们与之一同死去,将我们遮蔽的"一切",同时,我们相互解散,谁将是自然的休止,仿佛在概念和名词之外还有自然?

灾异,同星辰的分离,同全体性的一切形式分离,并不否认完成的辩证性需要,预言所预示的不过是如同对一个简单事件来临一般的先知的拒绝。开放地然而发现守夜之言语的耐烦,没有权力的无限之侵袭,在挂满星辰的天空下不会发生,但是在这里,在所有在场中过剩的此地,而此地又是哪里?"这声音不来自任何人,再一次地。"

❖ 理论是必要的(比如语言学的理论),必要却又无用。理性工作是为了在自行组织为系统的同时消耗自身,寻找正面的知识,在这样的知识中,它停顿且休整,同时将自己带向构成停滞和关闭的极端,我们必须经由这种知识并忘记它,但是忘记并非是次要的,由回忆构成的某物临时发生的虚弱。遗忘是一种实践,预言的写作的实践,因为写作在放弃一切的同时自我完成:宣告,也许就是放弃,理论性的斗争,即便是反对某种形式的暴力,也总是出于不理解的暴力,不要让自己被理解行为自身有失偏颇的、简化的、缩减的行为中断。这种有失偏颇便是理论的特性:"在棒槌的敲击之下,"尼采如是说。但是,这捶打并非仅仅是武器的攻击。富有攻击性的理性在伺机完成最后一次冲撞。借由它,我们不知是要开始或终结那不断绵延的思想,如同清醒的梦境。为什么是怀疑主义,即便被反驳,它是否是驳不倒的? 列维纳斯就这问题曾自忖。黑格尔知道答案,将它变成系统的优先时段。只是为了更好地利用它写作,即便它相对于所谓可疑过于暴露,它假设怀疑论提前,并永远为只能经由写作而发生的事清空场地。

❖ 怀疑论,一个抹除了它的词源以及一切词源的名词,并非不容置疑的质疑,并非简单的虚无主义的否定:倒不如说是讽刺。怀疑论是和怀疑论的反驳相互勾连的。我们对它予以反驳,但只在活着的时候,死亡无法对它予以确认。怀疑论是被反驳者的复返,是一种无政府式的突然侵入,反复无常又毫无规律,每次(与此同时又并非每次)当权者——理性的统治,即非理性的统治将我们强制于他们的规则之下,或者彻底地自行组织成系统。怀疑论并不毁坏系统,它并不毁坏任何东西,是某种没有笑声的快乐,或者说,没有嘲笑的,在倏忽之间让我们对肯定和否定失去兴趣:因此,中性如同一切语言,灾异也将是这一怀疑论的快乐的一部分,永远都无停歇,并让严肃(比如说死亡之严肃)超越一切严肃,并同样减轻理论的分量,通过不使我们对其产生信任的方式,我记得列维纳斯曾经说过:"语言本身就已是怀疑论了。"

❖ 无法联合为一体的张力也无法让位于肯定,我们无法如是说,由此,我们能从一切辩证性中解脱出来:对张力的肯定,但更确切地说,是拉伸的耐烦,直到不耐烦的耐烦。延续性、非延续性将会是我们重新发现的有意夸大的矛盾,在我们把这些脱手之后。延续性承载将它排除在外的非延续性,延续性以一切形式确立,如同"同一"确立,由此得到同质的时间,由此得到永恒,由此得到整合一切的逻各斯,由此得到一切变化得以修正的秩序,理解之幸福,永远第一位的法则。然而,为了在它的连续性中切断连续,引入取决于它的异质和他律是不够的,这种异质构成了一种与同质之间的同谋,如果说它们之间的互动是一种平息的对立形式,它允许包含了死亡的生命的发生。如同我们出于讨好的目的引用赫拉克利特和他那句"因死而生,因生而死",而不去寻找以这种粗鲁的说话方式来为之做出决定那样,翻译过程本身带来了需要被翻译的东西,而没有翻译本应该翻译的东西,几乎一直是这样的。

是否存在一种对于非连续性的苛究,这种非连续性毫不依赖连续性而存在,正如某种割裂呢?为何这种在碎片化写作中一字一顿的单调的折磨,求助于耐烦,且并不因为耐烦能以自我陶醉的方式助其延续?没有延续的耐烦,没有时段,没有兴趣点的未决的打断,在我们不知不觉之中,它总在把没有主体的主体性置于裸露状态的一种身份的拉伸性衰弱之中醒来。

❖ 现在时,如果它在每个时段中兴奋(现身,消失),忘记了它无法成为自身的同辈人。这种非同时代性是永远已经越过的通道,被动性在时间之外,搅扰仿若纯粹空洞的形式,在那里一切以平等或不平等的方式排序、分配。被扰乱的时间,从它的挂钩中脱离,任由吸引,这是经由裂缝之经历,合为一体并被普及的一致性。宇宙的回撤太过容易地便被揭示为崩落,然而未被体验的灾异的经验(根基的缺失,唯一一次停下,我们需要思考的,既非难题,也非问题),迫使我们从时间中抽离出来,如同不可逆转,而**复返**亦不能确保逆转本身。

❖ 裂痕:由我构成或在我内部再次构成的分裂,但并非一个裂开的我。

❖ 批评也许永远是重要的,无论它是否是片面的或被歪曲的。但是,当它变成战斗檄文,那么将是政治性的不耐烦,战胜"诗意的"自身的耐烦。写作,与自身以不规则方式相勾连，也因此以不规则的方式与一切他者相勾连，并不知晓，将有任何政治观点从它而来，由此可得其非传递性，这种只和政治保持间接关系的需要。

这种间接，我们尝试理解为迟到，延时，不确定或偶然的（也是发明出来的）无限之逆转。让我们变得不幸。我们想要走，直直地走向目的地，目的地是我们有能力肯定的社会变革。这是彼时对于介入的企望，是如今对于充满激情的道德的企望，为此，我们没法使我们承认彼此的永恒分离：其一，自由主体，借由所有人为争取自由而进行的斗争来为自身想象中的自由而工作，同时，满足辩证性苛究；另一，却不再是一，而是永恒复数，并且和没有统一性的多重性相勾连。我们过于轻易地借由否定的、模棱两可的并列词（消失、分离、分散或非名词、非主体）圈定它带给我的困难，逃脱在场之经验的困难，瞬时性写作的言语在它被预设的极端性中，重复性的差异，耐烦的冲破，被困惑本身打开或给予。我们以复数的方式共同生活、对话，但却因为他者永远是他者，我们不能借由双边选择安慰或抚慰自己，我与他者的关系不停地被破坏，如同一切模型或一切编码的破坏，更像是我们并未解除的"非关系"。

在首要前景中，生活、书写、说话呈现出的是同质性，如同公共—冲突性这对关系中的层层起伏、历史性起伏，由这些同一或分离的动词承载的公共—冲突之勾连所历经的起伏、历史性起伏会引发一个共同的主体,永远处于冲突之中,由此产生行动之需要。当语言化作行动,自它而发展且统治它的暴力的喧闹中:这便是**同一**的法则,不应该从这里逆转,亦不能从这里停止,朝向完全异质的某种语言,写作之语言,他者并永远是他者的语言。它的苛究并不会自我发展,只有在一切之外,在意识和潜意识之外,借由在警醒和苏醒之间摇晃之物,我们察觉到自己(却并不知晓)永远都已被流放。

当然,分离,看似在打击我与他者,并使这二者永远分离,会被轮到向辩证法让位,然而,另样的苛究,不作任何要求的苛究,永远被排除在外,无法抹除的抹除,而后被取消,不再位于考虑之列。

❖ 永远已经化为废墟的作品,是借由屈尊,借由延长它、维护它并为它祝圣(这里指对一个名词的疯狂崇拜)而被固定,从而被加入文化优质作品之列。

❖ 再多说一言:难道不能终结所有的理论吗,如果说其永不完结,如果说无论它们之间存在多少差异都能不停地互通有无,如果说它们只有借由承载并逃避那些宣称对其具有决定权的书写时才会显得泾渭分明?

❖ 我承认(作为一种想法),黄金时代是一个专制时代,那个时代中,自然的幸福、自然的时间以及自然,都在对至高无上的**国王**的**统治权**的遗忘之中被发现,国王是彼时真理和公正的唯一持有者,永远将一切都置于良好的秩序中,物件、活物、人类,以使得它们在其中生,也在其中死,统统都是幸福的臣服者。因为对于保证其运行的政府的严格服从让它变得独一无二,不可见并且确定,由此导致一切向自然的复返很可能变成对于唯一的专制君主的行政权力的思乡式复返,又或者,如果我们认真研读古希腊的传统,自然在其中从不被提及,一切都是"政治性"的(吉尔·苏松)。即便在亚里士多德之后,即庇西特拉图的暴政之下,在雅典农民的传统中,被视为克洛诺斯时代或黄金时代,当一切价值观都倒向一边,以无形的非条件的方式显现出来,最严苛的等级制度变成幸福之诱饵的等同物。

❖ 我们这个时代所受的罪:"一个骨瘦如柴的人,耷拉着脑袋,佝偻着肩,没有思想,眼神无光。""我们的目光望向大地。"

❖ 集中营,灭绝营,象征着不可见已经使它自身永远可见了。一个文明所有清晰的特征被显示或者被暴露("工作使你解放","工作让你再次安居")。工作在它和让劳动者获得权力的唯物主义运动一样被赋予很高价值的社会里,变成最高形式的惩罚:不再关乎剥削或剩余价值,而是成为界限。在这种界限中,一切价值被摧毁,远未能再生产出劳动力的生产者也不再是他生活的生产者,劳动停止作为其生活方式并变成其死亡模式。工作,死亡:同义词。而工作无时无地不存在。而当压制状态成为绝对状态,不再有休闲,不再有"自由时间"。睡眠也在监视之下进行。工作的意义变成了在工作之中借由工作对工作进行摧毁。然而,如果在某些命令之下,工作意味着以赛跑的速度将石块移动到指定的地方,将石块垒好,然后再把这些石块用赛跑的速度争先恐后地移动到原来的位置?(出自曾关押于奥斯维辛集中营的朗本之口,和索尔仁尼琴笔下的古拉格集中营同一时期。)而工作已经不能够借由某次怠工而被破坏,如果它的命运便是被它自身摧毁。然而,它保留了一个意义:不仅摧毁了劳动者,也以更迅疾的方式,雇佣、固定并控制了劳动者,同时,给劳动者灌输这样的意识,生产和不生产是一体的,也都是工作。但是,由此,意识到这一虚无之后,劳动者,借由劳动营进行自我表达的社会是必须通过斗争反对的,即便在死去,即便在幸存(无论如何都是活着,在一切之下,在一切之外),作为即刻死亡的幸存,对处于拒绝中的死亡的即刻接受(我不会杀死自己,因为这会让他们幸灾乐祸,我因反对他们而自杀,因不顾他们的反对而苟活)。

❖ 到了为了了解恐怖而接受恐怖这一程度的知识解释了知识的恐怖性，认知的底层以及使其和权力中更不可承受的部分保持勾连的低调的同谋。我想到奥斯维辛的那个年轻的囚犯（他有着最凄惨的遭遇，他将一家人带往焚尸炉，并最终自缢；在濒死的最后一刻被人救起——要怎么说：救起？——他被免去同尸体接触的义务，但当纳粹党卫军执行枪决时，他必须固定好犯人的头以便刽子手能更容易地将子弹射进脖子）。当被问及他如何才能承受这件差事，他回答说他会"观察人在面临死亡时的一举一动"。我不相信他说的话。正如我们在焚尸炉附近发现的勒文塔所藏匿的那本笔记里所写的："真实的情况总会更恐怖，且比我们的描述要更悲惨。"我刚才说到的那个年轻人在濒死的最后一刻被救起，从那刻起，他的生命便化为对这最后一刻的被迫的无尽的反复体验，每一次都要让他的死亡落空，一再持续那个瞬间，以此来交换每个人的死亡。他的回答（"我观察人死时的举止……"）并非是一个问题的答案，他无法回答。而余留下来的问题是，他受限于一个不可能的问题，只能在对知识的探寻之中找到不在犯罪现场的证据，所谓的知识的尊严：我们相信这种终极的契合是由认知赋予的。但是，如何接受不再认识呢？我们阅读有关奥斯维辛的书籍。在集中营里，每个人的企望、最后的企望是：你知道发生了什么，不要忘记，而同时你将永不知晓。

❖ 我们是否可以说：恐怖占据了奥斯维辛集中营，而"非意义"占据了古拉格集中营？恐怖，因为所有形式下的处决都是即刻的地平线，死亡—生存，贱民和穆斯林：这便是生活的真相。但是，一部分在抵抗：政治性词语保留了某种意义；它必须留存下来作证，也许也是为了战胜。在古拉格集中营，直到斯大林死去，除了那些编年史作者很少——绝少——提及的政治反对派（除了约瑟夫·伯格）以外，没有任何政治：没有人知道为什么他会存在，抵抗没有意义，除非是为了自己或是友谊，而这是罕见的；只有那些宗教人士有坚定的信仰能够给予生命和死亡以意义；因此抵抗将是精神性的。必须要等待那些从深处来到的反抗，然后是那些异端分子，那些被秘密书写的对象，为了让视界被打开，为了瓦砾、被毁坏的话语穿越沉默被听见。

当然，非意义是在奥斯维辛集中营，恐怖是在古拉格集中营。被嘲弄的精神失常者被集中营管理者施瓦茨胡伯（Schwarzhuber）的儿子极佳地演绎了出来：十岁的时候，他有时候会去集中营找他的父亲。一天，人们忽然找不到他了，那时候，他父亲以为孩子应该是不小心被逮住了，并和其他人一起被投进了毒气室；但孩子只是被人藏了起来，人们在他脖子上挂了一个牌子以标明他的身份。而另一个案例是协助大规模屠杀的希姆莱的晕倒。结果是：因为他害怕自己暴露出羸弱的一面，就下命令要进行大规模屠杀，人们发明了毒气室，在外面看来是人道主义的死法，但在内部则是他内心升至极点的恐惧。或者更甚，有时候还会在那里举办音乐会；音乐的力量有时候会叫人遗忘，并危险地将受害者和刽子手之间的距离抹平。但是朗本补充道，对于那些贱民来说，既没有运动，也没有电影和音乐。无论实践何种艺术时产生的界限变成了对不幸的诅咒。我们不能将它忘记。

❖ 还必须要（但这是否有可能实现）对此进行思考：在集中营里，正如经历过的罗贝尔·昂泰尔姆所描述的，如果需求承载一切，是人和生命保持一种无限的关联，这也是最下贱的一种方式（但这里已经不再关乎高级或者低级）。借由一种没有自我的自私来使用它，并且，也存在这样一个界限，当需求不再能让人活下去，而是变成针对整个人的侵袭，一种剥皮见骨的酷刑，当一切存在被解除时一切存在的挥之不去的噩梦。黯淡无光的眼睛为了一片面包一下子燃起了一种野性之光，"即便残存的意识已经告诉他马上就要死了"，而进食已经毫无意义了。这束光芒，这种灵光一现不再能点亮一点生气。但是，透过这道目光，这道最后的目光，面包以面包的形式被交予我们：在理性之外的一种馈赠，在虚无主义的悲痛中被歼灭的价值，被拒绝的一切客观秩序，借由对"吃"这个动作的圣化（没有什么"神圣"，我们要正确理解它），保留生命脆弱的可能性，通过将死于此的人，某物被给予，没有分享（"伟大的是吃这个动作",列维纳斯说,根据一位犹太人的口述)。但是同时,一个由生命火花凝结的将死者目光的着迷不会让需求之苛究不受染指,尽管这需求是原始的,也不再允许吃(面包)这个动作被定位于可吃这一类别中。在这一极端的时刻,死去将与面包之生命进行交换,不再是为了满足一个需要,更不是为了使之变得可欲求,需要—贫困者—死去,如同简单的需要,通过制造非人性的某物(从一切满足中撤回),去激扬、赞颂变成了一种空洞绝对的对于面包的需要,并自此我们只能全体迷失自己。

但是在他们理论性的无价值中,词语的危险(这里)也许是企图追忆毁灭,在毁灭中,一切都永远是灰暗的,也不理解这句对那些只能从远处或片面地知道历史之停顿的人说的"您闭嘴"。但是,要警惕过度的缺席,必须要这么做,必须要不停地这么做,因为那些从这个终点重新开始的人(以色列,我们所有人)被这个终点打下烙印,而在这个终点,我们不断地再次苏醒。

❖ 如果遗忘走在记忆前面,或者是遗忘缔造了记忆,或者它从未参与过记忆,遗忘却不仅仅是一种缺失、一种失误、一种缺席、一种空虚(我们是从它开始记忆的,但是作为有预见性之阴影的遗忘,它同时也在记忆可能性本身中抹去了记忆,让可记忆的变得脆弱,变成记忆的失去):既非否定也非肯定的遗忘也许是被动性的苛究,既不欢迎也不收回过去但是却在过去中指出哪些是从未发生的(如同在即将到来的未来中指出哪些无法在现在找到安身之处)。向时间的非历史性形式求助,向不同时间中的他者求助,向它们永恒的未决,或者永恒的临时的未决求助,没有命运,没有现在。

遗忘抹去了从未被铭记的:借助短横,"非被书写(non-écrit)"仿佛留下了一道必须被磨去的印记,逐渐转变最终自我构建一个操作者,由此,这个光滑的无效的无人称的"他"在渐趋消失的"我"那被一分为二的深渊中被粘住、被涂覆、被伪造,不模仿任何事物,在一切规则复返的确定的**我**中显形。

❖ 我们以为遗忘是以一种消极的方式在工作,为了在记忆中、在活着的或者复活的记忆中自我修复。它确是如此。它也可以有另样的方式。但是同样,诚然我们大胆地将遗忘从记忆中分离出来,我们依然寻找遗忘的效果(这效果的根源却不是遗忘),一种被隐藏的建立,以及同显形分离的隐形,并且这种隐形也通过这次分离(非身份)本身确立身份,并以非显形的方式被保持,只为情感之显明所用,同样是忘川(lèthé)最终忧伤地,光荣地变成了无蔽(alèthéia)。未被操作的忘记,永远都无甚作为,什么都不是,也没有任何作为(即使是死去也不会重返),而这就是如同躲避无认知一般躲避认知,不让我们得闲,不让我们忧虑,因为我们已经用无意识——意识掩盖了它。

❖ 神话也许是假设的极端形式,借由这种达到极限的假设,思想永远都包裹了使其复杂、使其风化、使其拆解,同时以无所不用其极的方式毁坏被保持的可能性,即便这是经由神话性的叙事(复返于诉说本身)而达成。但余下的是神话这一词语在不磨灭这一词语的真相的情况下保护它,它以非真(non-vrai)的形式呈现,具有不行动的非现时性,至少对于那些在活着的时候看似只愿承认现在时之主动权力的人(我们每个人)是如此。同样,词源学游戏的极端化仿佛许给我们扎根的确定性,掩盖了极端性之苛究从仿佛连根拔起一般的我们自身中抽出的拔除这一行为(末世学:没有终结,没有逻各斯),被语言本身剥夺被理解为土地的语言,胚芽的种子植入土地,一个正在发展中的生命的承诺。

❖ 最简单的言语传递无法交流的内容,围绕不会显形的无法交流的内容互通有无。

如此不稳定的生命:永远没有生命的在场,然而我们永恒地为他人祈祷,当我们死去时祈祷他人能活下来。

❖ 关于虚构的或有意夸大的"癌症":为什么它用这个名称来恐吓我们,仿佛由此,不可言明的内容能被点明? 因为它企图让在权力之下的编码系统失败,这种权力是,在活着和接受活下来的同时,我们在纯粹形式化存在的安全之中,遵循根据一种其过程将会逐渐标准化的规划而产生的模型符号。癌症象征(并且实现了)对回答的拒绝:一个细胞不听指令,以一种无政府主义的方式在法则之外自我发展——且它走得更远:它摧毁了规划这个观念,让交换和信息变得可疑,将一切缩减为模拟符号的可能性。从这一点来看,癌症是一种政治现象,一种罕见的拆散系统的方式,通过增殖和骚乱来拆解规划的威力和普世的语言能指——这是先前就已经由麻风病和鼠疫完成的任务。我们不理解的某物恶意抵消知识之师的权力。癌症并不是借由工作中的简单死亡而成为独特威胁:如同致命的失序,比死去这一事实更具威胁的失序,让死去恢复它的无法计划性,以及无法进入考虑之列性,正如自杀消失在我们企图通过计数得出的数据之中。如果被称为癌的细胞,借由无限增殖而达到永恒,那么那些死于癌细胞的人会自忖,这是对他的死亡的讽刺:"我死于我的永恒。"

❖ 因其过于沉重的理论负荷而需另当别论的词语有:"能指""象征性""文本""文本的",还有"存在",最终还有所有词语,不充分的地方在于,因为这些词语不能够由全体性构成,穿越这些词语的无限不能借由撤回这一操作而被突然发现——由于缩减而造成的不可缩减性。

❖ 让那些共有者说话,并非以存在为根据,而是由于相对于存在的他者,他者以一种未经安排、非经选择、非经同意的方式发生,诱引之无力。

❖ 平静,永远都更加平静,无从欲求的平静。

❖ 共有:我们分担负荷,不能承受之负荷,没有限度,没有分割。整个社群未受免疫,社群总是超越互通有无的层面,由此,生活仿佛来到非互惠的、不可交换的、毁灭交易者(交换的法则是稳定)的生活。变化会借由反差假设非变化。但是自外界而始的变化,排除了易变的和不易变的以及自某人和他者而始以掩人耳目的方式潜入的那种关系。

❖ 未被命名之物,因其之名我们缄口不言,保留下来。

❖ 馈赠、挥霍、消耗只能以暂时的方式转移法则统治下的总系统,在总系统内,有用和无用二者极少被区分:消耗变成消费,非馈赠回应馈赠,只在某些游戏之下得以运转,且并非失败的符号,而是一种用途的形式,这种形式下,磨损以从属于表面上毫无用处之物的方式来进行防御。我们不能提及"纯粹及简单"的失去,或者我们只能提及,知道永远不合时宜也不纯净的失去的那一刻,在语言中发出回响,如同那些永远不能被说出却一直发出回响,直至无限,并同时在语言中迷失自我、让语言对失去自我之苛究保持警惕——借由自身产生的不苛究以及已然失却的苛究。

太阳或宇宙都不能帮助我们,除非借由图像,设计一个借由无一物能同时幸存以及不可交换性不再能以象征性词汇被固定的失去之极点。(乔治·巴塔耶就这一主题从未思虑太久:"太阳不过是死亡。")宇宙借由让我们得以确立身份的威权秩序的过度震颤来使我们消除疑虑,即使这是在超越我们自身之外、在神圣及真实的单位的守护之下的。对于存在的思考,以一切方式且包括那些无法在这里被理解的方式,来关闭永远借由限制得以重新建构的无限。存在之言语是奴役并回归到存在的言语,存在也被说成是服从、顺从,隐—显之在场的存在的威权之审理。存在之拒绝依然是赞成,对于拒绝以及拒绝之可能性的存在的赞同:没有任何一种对于法则的挑战能够不以在挑战中自我确立的法则之名义来被发出。

抛弃在存在中为能够自我完成并自我验证的分别、分离、反抗找到依托的无价值的希望。因为你依然需要真理,依然把真理置于比"谬误"更高的位置,正如你想将死亡从生命中、从死亡中区分开来,忠诚于不敢被承认只是空无的,满足于以生存为尺度的超验信仰的绝对性。因此,寻找同时什么也未找到,恰恰当存在表现为不可耗尽、不可休止的徒劳、无止境的重复之时,并由此,也许不再有位置来区分存在和不存在、真理和谬误、死亡和生存,因为此人求助于他者,如同同类在同类中恶化,即在"非相似"中:复返之不停止、灾异之不稳定性的效果。

❖ 馈赠是否是一种威权行为,借由"自我"随意地不付代价地浪费或摧毁"财产"?威权之馈赠仍然仅仅是威权之名号,光荣及声誉的倍增,即便是在生命之英雄主义的馈赠中。馈赠更确切地说是撤回、诈取、拔除,并首先是自我的悬置。馈赠也可以是不留下给予之权力的被动激情,但是同时将我从我自身中沉淀出来,并在我不再有也不再是之时以不强迫我的方式来强迫我,如同给予以近似的方式来标记无限的分离,他者并非无法估量的距离的措辞,而是无法指定的它异。这便是为何给予并非是给予某物,即便花费巨大,也并非施予或者被消费。确切地说,应是给予那些永远被占据的,也许是时间,当时间永远无法属于我时的我的时间,我不得支配的、超越我和生命之特异性的时间。某个时段,不在我时间内却在他人时间内的生存和死去,没有现在永恒复返的时间的无法成形的形象。

❖ 时间的馈赠是否和商量一致的人意见不同,同时代性、同时性以及"社群"的失却(在时间中并由于时间),聚集并集结的某种性质:非常规性和非稳定性的突然降临——不会突然来到的? 当一切运转,没有什么会一起运转。

❖ 能量如同物件或物件之外一般被挥霍,我们承认了吧。但是这种挥霍,作为物件的消失,即物件之秩序,这一回极力进入考虑范围之内,要么是通过以另一物件的形式被再次给予,要么是通过被说出,由此,借由这种将它主题化的说出,它变成可考虑的,回到秩序之中,并被"给予"。只有秩序通过其损失来获利。

❖ "统治权什么都不是。"(乔治·巴塔耶)

❖ 在信仰人和知识人之间,几乎没有区别:两者均对破坏性的偶然避而不见,由秩序的坚决要求重构,把这些坚决要求变成此二者抓取或理论化的不变量——此二者,都是秩序和统一之人。对他们而言,他者和自身合为一体,说话、写作、计算,永恒的保管人、保管永恒的人,永远追求稳定性,带着一种确定的狂热发出本体论的词语。

❖ "诗歌,女士们,先生们:一种无限之言语,徒劳的且唯一**虚无**之言语。"(策兰)如果死亡是徒劳的,死亡之言语亦然,也包含相信已将它说出并在言说中失望的人。

不要指望死亡,你们的死亡,普世的死亡,能奠定何物,更不要说如此不确定、如此不真实的死亡之真相,这真相永远都提前失去知觉,并且宣布真相的人也随着真相失去知觉。这两个注定会让那些轻信的为了一切信仰而轻易倾覆的耳朵振聋发聩的句子——"上帝已经死了""人已经死了"清楚地呈示了,也许呈示了超验这个词语,这一伟大的词语本应该被毁灭,却保存了一种庄严的权力——即便是在一种否定的形式下永远都能占得上风。死亡重新承担神圣的超验是为了将语言指高到一切名词之上。如果说上帝死了是为了以死亡来自上帝作为延续,那么由此,它的仿句"人已经死了"不会把被理解为过渡性概念的人置于失败之地。但是要么宣告带有一切大胆的表面形象的超人类性,要么是对于人类形象的揭发,为了死亡引入的神圣的绝对能够重新在自己的位置上被宣布,同时让死亡占得上风。

自此,我们会被要求考虑这句策兰以讽刺性的口吻说出的"女士们,先生们"。我们能这么说吗?我坚持认为,它借由一种并置的谜一般的关系,让无限之言语和徒劳死亡之言语发生勾连,后者借由**虚无**重叠,如同决定性的后缀一般:最终得到虚无然而也是和来自无限的言语在同一行里(没有前者就没有后续),当无限被发起,以无限的方式绵延回响。

无限之言语,虚无之言语:这二者是否相容?相称但有分歧,却也并非不相容,因为二者均有言语,让人想到,如果无限的融洽不被理解为在其空虚之中死亡的最严格且不加限制的回响,将没有任何诗性言语,而这空虚是缺席的近义词,是给予一切的特征本身。我回到这个假设:"上帝已经死了""人已经死了"这两句话,借由通过将"存在—死亡"变成如同人类的可能性的上帝的可能性来实现自我肯定的人的推测,也许只是一种过于强大的某种意义上作为支配者的语言符号,并因此拒绝在遗忘中、在衰弱中、在贫乏中——呼吸的熄灭中——蹩脚地、空洞地言说:诗歌的唯一记号。(但是,是"唯一"吗?这个词语,在它排除性的原意中,缺少不能自我维护的贫乏,这一回必须要熄灭。)

❖ 我们可以怀疑必须要在各种形式下求助于否定性的限定词以引入直到现在仍被保留的问题的语言或思想。我们询问非权力,难道这不是自威权而始的吗?不可能却仿若可能的极端或游戏?我们信从无意识,却除非以否定的方式,无法成功将它从意识中分离出来。我们就无神论高谈阔论,无神论一直是谈论上帝的优先方案。相反地,无尽只能赢过无法完成的完成,并借由重复之模棱两可的逆转来无限延长;即使是绝对,如同大量却又孤独的肯定,承载了它与之决裂的某物的标志,作为对解决的拒绝,同一切关联和勾连保持距离。即便最终,哲学性或后哲学性话语通过强调希腊语中的真理所给予我们的,是词源学上意指非隐藏、非潜藏、暗示了相对于显现而言的隐藏。相对于开诚布公的目光的潜藏的优先权,如果我们被拒绝在工作中加入黑格尔式的否定性,则会在之后命名为真理的事物中,而不是在在场中被表现为第一特征。但是,已经成为更古老的被隐匿之物的第二特征的剥夺,一种被抽离、被摆脱,不是相对于人或者其自身,不再注定要被泄露,但却是由如同沉默的秘密一般的语言承载。由此,我们可以下这样的结论,以一种必要的滥用的方式来询问一门语言的"词源学"知识(这毕竟也只是一种特殊知识),同样也是借由滥用,我们最终赋予被理解为存在的在场一词以特权,并非是必须要说反话。要知道,在场求助于永远已经被拒绝的缺席,或者更甚,在场,存在之在场,正是因为这永远都是如此真实,因此这个在场仅仅是一种排除缺失的方式,更确切地说使缺失变得缺少。也许没有必要建立一种从属关系,或者在缺席和在场之间建立任何关系,或者一个词的"词根",而不是第一含义。原意,只能借由非独立的小符号的游戏来进入语言,以及借由这些未被明确定义的小符号,或并非确定有意义、被限定的小符号,使得非限定性发挥作用(或者限定的非限定性),并且引入在总体偏移中希望被说出的。在总体偏移中,不再有名词,如同意义一般,名词术语自身也只有以偏离中心、自行衰落、被弯曲、被显露、被否认或者被重复的可能性作为中心:在最坏的情况下被失去。(我们依然可以思考以上这段评论,即便潮流应用它来使得未被指明的语言中某物获得价值,如同方便的目录,重复的中和。)

❖ 倚仗词源学研究或因这研究而变得日益深刻的词源学或是某种思维方式,我们打开了一个仿佛要弃之一边的问题空间,被我们不想或者不能辨认的偏见所吸引。词源学这个词本身借由词源学被抛向一种肯定,解决使我们产生疑问的事物:知道那些词的"真实"含义(而词源一词又会有何新意呢?)。但是,我们不能任由自己被这种观点困住。渊博的学问和流行的或文学性的词源学(而不再仅仅是亲缘关系的源学词)相差甚远抑或相似相仿:这是一种仅有统计学意义的粗略的知识,不仅仅依附于某项总是需要完善的文献学研究,而且还依附于语言中的转义。后者在一些时代中以不成文的形式规定下来(今天一切都围绕转喻和暗语这两个重要概念——热拉尔·热奈特用一种有效的讽刺语气说:无可取代的釉陶狗)。

为什么演变关系让我们印象深刻?在同一语言中或者在不同语言中的某个词的最古老的意义,仿佛修复了现代通用语言用旧的或磨损的意义,抑或是能使这意义起死回生。而这种事后思考,最古老的离纯粹真相更近的意义,将已经失去的重新纳入记忆。丰富的幻觉或者并非丰富,但的确是幻觉。让·波扬(Jean Paulhan)指出词源学无法经受考验,正如本维尼斯特和他身边的人。本维尼斯特曾说，我们不一定能借由词源学回溯到一个更加具体即更加"诗意"的含义中，因为无数的例子证明或者即将证明，首先成为必要的是"抽象"，如同我们不会从动机走向非动机。为了最终回到黑格尔以一种令人钦佩的恒心献身的"alèthéia"一词的词源上，还需要了解为什么，即便揭示了希腊思想，它却看似被希腊人忽视了，以及为什么柏拉图——也许是借由游戏，但是在游戏中有着十足的严肃——诵读"alè-théia"的时候，发现了一种我们可以翻译成神圣的流浪的意义——而这不再是不重要的。根据词源学，真相（我们通常共同命名为真相的）的意思是：流浪的奔跑，神灵的迷途。由此，它跟随着的，是神（théia）这个词首先在"alèthéia"中的回响，作为否定前缀的"a"的功能只不过是一种前缀的方式，即便我们怀疑这么古老的词语，"apeiron"本能够不以强调否定的方式做到不解体。

还有，海德格尔，当他认识到在包含"alèthéia"这一词语的希腊语中的从词源学上讲有着如此决定性的意谓（signifiance）的优先语言之后，便被引向了他以同样幼稚的方式借由因为包含扬弃（aufhebung）一词而被称为思辨性语言的德语而传递的两个几乎不幼稚的词语。因为存在此和彼，要么是在被假设的（可能性）词源学的帮助之下，要么是借由一种口头上的分析，这二者在哲学范畴和诗歌范畴中创造了这些词：晨曦之言语，因此跟随我们暂时无法逃避思考光明的一天。(海德格尔说:"这是希腊人的语言收到的最高嫁妆。")但是,为了跟随海德格尔本人,"alèthéia",如同我们以不思考的方式来思考它,依然不属于希腊语,只有借由从关于真理的甚至是关于存在的所有观点中解放出来的"alèthéia",语言和逻各斯才得以存在。但是,必须也要说,它在希腊语的全体性中有重要分量,如果赫拉克利特没有偶遇这个词,没有向这个词语暴露自己,是因为逻各斯借由他在其内心中产生的优越地位。在某种意义上来说,由于过多而导致了"a-lètheia"的闭塞。最终,有必要注意到的是,如果"alètheia"被理解并且被翻译为"无蔽地"(暂时由 Beaufret 和 Janicaud 选择的翻译),于是这是一种完全不同的思想运动,一种完全不同的方向,是我们得到的最常见的翻译("非遮蔽""非隐藏""揭穿")。而这种"无蔽地"可以来自德语单词"bergen"(遮蔽)的"unverborgenheit"(无蔽性):"隐藏,使其安全,托付给保护场所,遮蔽",就如同无蔽之义的"alètheia"再次走向了流浪,柏拉图已经预见到的含义(在柏拉图的《克拉蒂勒篇》中。)由此,出于不执着于过于著名句子的小心翼翼:"语言,是存在之所。"即使在柏拉图处,洞穴神话同样也是遮蔽的神话:摆脱隐藏的人,从他这里逆转,去掉遮蔽,而这就是最主要的波折之一。不仅仅是认识的转变,而且更是"一切存在的转向"的条件,正如柏拉图所说——让我们面对转折点的复返。无论用何种方式翻译,都是从这个点投入了思考,我们可以对此感到惊讶或者是投以抱怨,并给出这样的结论,哲学不过就是字词的问题。没有什么可以反驳这个想法,除非必须永远思忖,如同波扬所要求的,为什么一个词,总是要多于一个词。而瓦莱里则说:"要完成的哲学任务是将已经完满的哲学中的词语丢给历史。"但是我们回到最挥之不去的那个问题:归于词源学这一脆弱知识的那部分功劳,难道不是有点过分了吗,也就是说过于轻易了?

然而,词源学,确定或不确定的学问把注意力集中在词语上,把词语视为语言的细胞,同时把我们抛向了这样一个古老的偏见,那就是语言可能主要是由名词组成的,只不过是词典里的全部词汇。(瓦莱里已经说过,哲学的一个错误就是通过否定句子的作用来把自己仅仅局限于词语:"哦,哲学家们,必须要搞清楚的是,不是词语,而是句子。")但是,没有任何事情再从那里被决定。赋予动词的特权,动词把名词缩减为只是一个凝固的动作,即便它干扰了克拉蒂勒式的选项,即便它让词源学创造变得更加困难,让我们重新找到几乎未曾修改过的同样的问题:句子,句子的下文,句子的诞生,在一种语言中或者在多重语言中令人晕眩的句子,直到我们开始写,我们自己引来了这些问题,并以不考虑这些问题的方式来思考。洪堡已经说过,最微小的词语,是由整个语言、由一门语言中的整套语法来规范的。

最后,词源学的艰深的狂热是和历史性的晕眩相互关联的。一门语言的整个历史，在某些词的压力之下，被打开，借由这种谱系，要么被神秘化，要么被破除神秘，我们依靠某个过去来思想和言说，我们要求这个过去对我们负责，或者它不乏威信地将我们维持在它的遗忘中。通过词源学，通过一种思想来游戏着、发明着，或者以更隐秘的方式自我确认的作家与其说是疑心重重，不如说是对语言的创造力过于自信。语言的生命，流行的发明，方言的亲密：永远都像居所的语言，可以居住的语言，我们的避难所。并且，一旦我们感觉到扎根了，同时拉伸写作的苛究所持有的根，并且，这种苛究趋向于将我们从一切自然中拔除，词源学系列则在某种历史性自然中重构语言的变化。

词源学的另一个危险之处在于，不仅仅是它和其源头的暗含关系，它以一种诱惑性的方式为我们发现不确定的资源的惊叹，它强制给我们的，却不能证实它，甚至也不能解释历史的某种概念——哪种概念呢？很难说清楚：出处的必要性，连续的连续性，同质性的逻辑，变成命运的偶然性，变成一切失却的潜在的意义的神圣沉淀的词语，沉思变成了为了终极的**说**或者某种**反说**（完美，完善）而写的人的任务——词源学和末世学将与之相关，开始和结束被预设为最终达到一切在场的在场或者耶稣降临。但是严肃的词源学家已经抛弃了严肃的科学家，以词源学的幻想作为联系或补偿。这些闹剧总会在某几个特定时刻无法控制，直到语言的科学确立了几乎是确定的知识之后,这些闹剧不再表现为仿若一次小小的疯狂,一种语言的幻梦,旨在从知识本身中解放出欲望的游戏,同时展示出词汇的海市蜃楼,甚至会去模仿,为了嘲笑无意识的用法——最终我们不再嘲笑,不再自娱自乐,而这同样也并不重要。除了这种情况以外,怀疑主义看似战胜了它,然而怀疑主义会要求更多。

❖ 什么是海德格尔在"Ereignis"和"Eraügnis"这两个词之间建立的关系的证明呢?"Ereignis"的通用含义是"事件",而"Eraügnis"则与之关系紧密[借由杜登(*Duden*)这本著名的德语字典所作出的决定,这个决定承认了这两个词关系的合法地位:"Eraügnis",古老的词语,在这个词中可以看出"auge"(眼睛)这个词任由演变发生,要求诉之于注视,注视我们的存在,而这也让存在和光明之间建立了关系],而"Ereignis"则被分析为意为干净的词语"eigen",在"事件"一词的含义演变为使得我们"最自己"的存在突然来临。(杜登字典拒绝了在eigen 和 Ereignis 之间建立词源学联系)。并非是这样的裁决让人惊讶,而是恰恰相反,这里的模拟工作,类比的相似物,对某种可质疑的学问的求助,以跨历史性的必要性的方式来使我们上当受骗。这种"证明"的苛究可以无论在此地还是在别处,都可能被接受或者被拒绝,这是真的。不再有什么需要被证实,这并不属于公正或不公正的范畴,而是被作为一种让人思考、让人发问的指示来给出。海德格尔说:"永远都不要相信任何事情,一切都需要证据。"这也正是为什么我们也会自我诘问,同时在这次检验中承认一种文献学和哲学范畴内的代价高昂的造作。

❖ 我们承认,"自我"(eigen)这个词,也就是"ereignis"这个词神秘地藏匿的这个"eigen",并不意指"财产"或者是"占为己有",即使说"存在"不再是它的适用范围,也不能自行决定存在,它也是无限的。但为什么"eigen""自己的"(如何用另外一种方式来翻译?)而不是"非自己的"?为什么是这个词语?为什么在它顽固的(耐烦的)肯定中有"存在",将我们抛向对"缺席"的拒斥中。同样,从前,在《存在与时间》一书中,"真"和"非真"之间的对立——肤浅的翻译——以一种更加传统的方式来准备关于"自己的"更加成谜的问题,最终我们不能以和在"居有"概念中悬而未决的部分相同的方式接受这个问题(德里达)。在场地和真相缺乏的状态下,这种扰乱整个事件的开支将不再是既给出生命也给出死亡,既给出存在也给出非存在的写作的馈赠,**说**的馈赠。只要"自己的"在其中同时被接受也同时被拒绝,"非自己的"或者是"居有"就是一种求助,向那些强迫我们永无终结者求助,并且不能向真理求助,如果真理被理解为非真理。因此,流浪徒劳地用惯性速度奔跑。[我们不要忘记,对于海德格尔,"ereignis"同样以它的退隐为自己的特征,借由"enteignen"(剥夺财产)—"enteignis"(不用)或者是"不占有"来标明。]

❖ 不读,不写,不说,然而借由这三种方式我们可以避开已经说出的、避开学问、避开理解,并进入到一个未知的空间,一个不幸的空间,在这个空间里,给出的东西也许不会为任何人所接受。灾异的慷慨。生命,死亡在那里都已经被越过。

❖ 写作的馈赠确切地说就是被写作所拒绝的。那些不再会写作的人,拒绝他已经接受的馈赠的人,它们的言语不再能够识别,是距离未经历的非经验更近的人。"自己的"缺席,即使并非"自己的",也为降临创造条件。那些追捧风格的人,风格的原意是只颂扬拒绝抛弃一切的或者被一切抛弃的作家的自我。很快,他将变成名人,拥有名望,权力之书:抹除和消失在他那里是缺席的。

不读,不写,不说,这并不是缄口不言,这也许是闻所未闻的喃喃自语:低声埋怨和沉默。

❖ "唯独那个人到达了自我的至深处,并认识了生命的深度。他有一天放弃了一切,也被一切放弃了,对他而言,一切都已变暗,他看见自己独自面对无穷。柏拉图用这伟大的一步来比喻死亡。(海德格尔引用谢林)

❖ 为什么依然需要一本书，在这本书里，断裂的震荡——灾异的某种形式——将它摧毁？因为书的秩序对于缺少它的人和向书隐藏的缺席是必要的；同样，在"专有"中的"专名"，人类和存在共同属于的事件，在逃避法律、痕迹以及被确定的意义的结果的写作的"非专名"中被毁坏。但是非专名并非仅仅是专名的否定，它以和专名建立关系的方式来使得专名中的一切逆转：它将专名吸引至深海，它以使之醒悟的方式使之维持。专名依然在非专名中发出回响：如同书的缺席，书之外也让它所越过的事物听见。由此，向碎片的呼唤，向灾异的求助，如果我们能够想起，灾异不仅仅是灾异的。

❖ 为什么依然有这些书，如果不是为了经历写作之"工作"独自运作的平静的喧闹的终结，主体的分散、倍数的脱离把我们抛向这一米藏（Michel de M'Uzan）口中的"死亡的任务"，而他并不满足于这一任务，正如他所暗示的，还会借由欲望的更新而使得生命重获生命力直至枯竭。我在其中看到的却是激情、耐烦、向死去打开生命，却没有事件发生。同样，已经被划去的作为写作的生命和死去的"生平介绍"的极端的被动（如同 Roger Laporte 所提议的孤独的名词），不允许任何事件发生，不对任何事物进行保障，甚至对写作这一事实都不予以保障——它给予这个中性的秘密这个活着的死亡，而后者被你们给予了作家这一几乎职业化的固定称谓。

❖ 他曾经写作,无论这是否有可能,但是他不说话。这便是写作的沉默。

❖ "书写是不停的,然而,文本却只有在其身后留下空白、缺口、裂口以及其他连续性的分离才能前进,但是分裂本身会迅速地重新被切入,至少和……同样长的时间。"[罗杰·拉波特(Roger Laporte)]——"书写能够构建比某种新的类型更多的内容。"但是,"如果书写要求拒绝一切写作、一切排版、一切书,那如何写作?""我不再能理解我如何能够用如此长的时间在一个创造新类型的美学规划中确立自我。""书写只能以某种斜线被划去——我必须使这种毁灭的工作臻于完美。"

❖ "……把一个文本从成为书的不幸中拯救出来。"(列维纳斯)

❖ 已经到来的并未到来——为了终结不加速到来,耐烦如是说。

❖ "我"早在出生前就已死亡。

❖ 唯物主义:"我的"也许意味着平淡无奇,因为它是占有和自私。但是他人的唯物主义——他的饿、他的渴、他的欲望——便是真理,唯物主义的重要性。

❖ 有一种主动的生产性的阅读——生产出文本和读者,这种阅读将我们传递。接着,背叛文本的被动性阅读,看似臣服于文本,并给出这样的幻觉,那就是文本只能客观地完满地且至高无上地存在:集权地。最后,不再被动的阅读,但是却来自被动性的阅读,没有愉悦,没有高潮,避开理解,也避开欲望:如同黑暗中的看守,"启发性"的失眠,超越一切的**说**被理解之时,在最后一个证人的证词发出之时。

❖ 最后一个证人、历史、时代以及转折点的终结——或者说是哲学的(形而上学)的终结。

即便是在海德格尔的学说中,在某次他的在场被授权的学术会议上,关于进入美好降临状态的问题[美好降临(ereignis),这个词语所带来的一切]引起了关于"存在历史之终结"的讨论。这个问题因为这些谨慎思考而显得有所不同:"要认真思索的是,存在和存在历史在进入美好降临状态之后是否依然可以被讨论,存在之历史是否真的被理解为赠予之历史,而美好降临状态在这些赠予中保持撤退的姿态。"但是,有一点是可疑的,海德格尔在这样一个命题中被承认,在这个命题中,功绩即鲁莽,意义在这个命题中过于清楚:赠予,作为存在的方式以被抽回的方式被给予(为了只局限在希腊人:赫拉克利特的逻各斯,巴门尼德的"一",柏拉图的理念,亚里士多德的现实性,现代人眼中最后一个神的化身,"集置",菲利普·拉古-拉巴特则建议了这个同义词:集置(installation)被停止,自美好降临(ereignis, avènement)的状态开始,同时停止借由"意义的赠予"而被遮掩,因为美好降临状态的撤退而使得"意义的赠予"成为可能。但是如果历史性决定(既然必须要被如此表达)通过这句话,"美好降临"被宣布,并让我们"最专有"的(存在)也来临,需要非常天真才能不去想,从此自行撤退的苛究会停止。这也许是"自行撤退"以一种更加阴暗的、更加紧急的方式来支配,因为关于"eigen"(我们最为专有的存在)一词还有什么新的含义呢?我们并不知道,除非求助于"ereignis",同样,"ereignis"也将它"藏匿",以将它呈示的方式,借由一种必要的粗糙的词语分析。再一次,当一切都借由最谨慎的思想家说出的时候,什么却都未被说出:除非存在历史之终结这一问题和没有将这个问题直接提出的海德格尔一起被提出——因此,海德格尔为其他人留下了这一艰涩的句式:"历史之终结"。

为什么书写,被理解为时代巨变的历史,被理解为对灾异的经验(非经验)的书写,书写每次都指出那些铭刻在这"碎片"之首的词语,然而这词语已经被书写取消?它所取消的,是即便那些已经在书写中被宣布的,如同永远已经发生的新事一般被宣布的,一切现在被排除在外的根本性变化。

关于历史的肯定,一种不同于黑格尔辩证法的另样辩证法之场域,所谓的无限的辩证法,此时此地的辩证法,没有进步也没有复返(非循环)的历史,它愈发不能拒绝多重苛究,多重苛究的压力以"时代"之名被记录在案。在对哲学视野的忽视和拒斥之中书写,被那些在这片视野中划分区域的词语强调,聚合以及拆散,这必须是在奉承的便利性中写作(优雅及好品味的文学)。荷尔德林、马拉美,还有其他很多文学家,都不会允许我们这么做。

❖ 词源学中的公理:"infinie"(无限)一词是由"fini"一词构成的,如同它的否定一嵌入("infini"是非有限,但同时也嵌在"fini"一词中),同样,理解"aletheia"一词的基础是"lethe",而"aletheia"也嵌在"lethe"之中。但是我们始终能够拒绝这种词汇的拆解。我们始终能够提出并隐约看到:无限的苛究,或者如同空洞的感觉,或者是在一切理解之前,或者如同一个整体——全体性之上——永远在越过,是必需的,为了我们能够接受"fini"这个词语以及它的思想(笛卡尔!)。换句话说,语言的无限性,如同无限的整体,是永远被提前假设的,为了对某个单个的词语,对"fini"这个词语进行限定可以达成。

这是希腊的经验,正如我们所重新构建的希腊经验,在这个经验中,将"限制"放在优先的位置,并确认了与非理性相遇的古老丑闻,也就是说,那些在某些情况下无法被度量的"非恰切"(公布了正方形对角线的不可通约性的第一个人死亡,在一次海难中溺亡:是因为他遇到了一种完全另样的死亡,没有边界的非场域,参考德桑第)。黑格尔使用的好和坏的无限,通过只使用"好的"和"坏的"这样的限定词来给人以做梦的空间。有限的坏的无限,有限的等等,是知性(一点也不坏的)所需要的,同时凝结、固定、停止这些时刻中的某个时刻。当理性的真相消除了有限(fini):无限或者被消除的、被免除的有限,是"积极的",从这个意义上来说,它重新引入了限定词并调和了质和量。但是还有什么关于坏的无限的新事呢?被托付给没有复返的重复,它难道没有以灾异的形式和黑格尔的系统相抵触吗?重又暗示的是,无限任由别人决定,如同被第一个给出的,然后同时为有限创造条件,这个瞬刻的无限扰乱了整个系统,然而是根据黑格尔永远都在事先推动并同时讽刺夜间的无限的那种方法。最终,向现时的已经给出的无限的求助,我们不能从康托尔的超穷数中将其提取出来,无论是否以一种天真的姿态。

另外,我们阴险地(不可避免地)臣服于词源学指示,词源学指示被我们视为证据,也是我们从让我们秘密工作的哲学决定中提取出的。这便是危险,即被我们质疑的滥用,对它的质疑要甚于对词源学的求援的质疑。

❖ 希腊人是否是由"lethes"而想到了"aletheia"呢？这令人怀疑。我们也许可以站在他们的角度上来看，并且说，然而他们是被这种还未被思想确定的事物所支配的。没有任何可反对这种哲学权力的话语，如果我们不能够借由将哲学置于对某种确定科学的依赖之下的文献学学问来规定这种哲学权力：反驳由海德格尔清晰地做出肯定的思想和学问之间的关系，一切需要那不从属于学问根基的学问，思想注定要以从他处抽离的方式给予它这种根基（数学与其他有所区分，某些数学哲学家如是说）。

❖ "Ereignis"，思想中的"最后"一个词，也许只能让欲望的方言起作用。

❖ 尼采："仿佛我的延存是某种必须。"尼采瞄准了个人宗教性的不朽，怀疑欲求永恒是否是正确或重要的。必须要更深入地思考这个问题。即便是转瞬即逝的对自我的欲求在那个从未完成的时刻里，或者在那个即刻要消失的时刻中也太多了。没有任何延存之形式的生命，在时间性的必要性的一切关系的缺席中，没有现在的生命，不由普世的延续性（时间的概念）支配的生命，在已经历过的时间的内在的独特性中也不被肯定的生命：这便是最会释放时间的，纯粹差异，时间间隔,已经被跨越的无法跨越的间歇,从一切不可跨越的不可能性中——不可能跨越仿若永远已经跨越——解放出来。不足以在如同"超生命"的生命本身中表达的生存的超验,生命的超越,但是作为他者生命的另样生命的苛究,由此,一切来到,被转向的我们不再复返至它。"仿佛延存(超生命)对于生命是必需的":让生存重现生机,它的生命力,它的克制,同时包括它的馈赠,拒绝简单的规划的超验、未来的现在、意识的意向性,取代了最终性,无法耗尽的灼烧,由此一切在场中的完成和一切完善被排除在外。作为始料未及的无穷的等待。忘记,对无从记忆的记忆,没有记忆。

❖ "如果说存在某种遗忘,那你要给出证据。"(尼采)确切地说,没有证据的遗忘,不确定的,永远在监视的警惕。

❖ 尼采反对超人:"我们完全是转瞬即逝的。""人类无法进入一个更高的秩序中。"我们想一想,"最后一个人的骨灰瓮"。这种对于超越人类之人类的拒斥(在《朝霞》一书中)和尼采所说的一切反对将如同将自身托付给生命中的真实生活一般堕入酒醉和狂喜的状态中的话语是并行不悖的:同样,他厌恶"满口胡言的狂人,寻找迷醉瞬间并由此坠入到复仇思想的绝望中的精神恍惚者"。酒醉的过错在于给我们一种力量感。

❖ 对于尼采为我们带来的语言的善意质疑,即便这其中有对于"语法"模棱两可的揭露,这里的质疑更多的是瞄准了孤立词语中极端的部分,而并非被监视的部分:"无论人们将一个词语放置在哪里,他们都相信有了一个发现……他们粗浅地研究了一个问题。"但是这难道不是已经很多了吗?并且,当他指责那些"僵固的、得以永存的词语",这是因为它想回归到作为辩证法的语言或者是回到在言语中成形的拔除、扰乱以及根除运动中,这是洪堡在命名语言的精神性活力及其无限遐思时含糊地提出过的。今天,语言学家很轻易地回击尼采。然而,完全改变了形式的质疑却并未平息。

尼采的其他不满,其句式的构成让人惊异:"我们将只有针对极端状态的词语。"——愉悦,痛苦——缺少忧郁,未经考验的,作为生命之变化却低于生命的。我们可以反过来说:我们没有针对极端的词语,只有眩晕和让一切声音烧毁、噤声的痛苦(词源学的悖论:如果"眩晕"是和德语中的"blöde"相互关联,而"blöde"的第一个释义是"虚弱的",然后是"视力模糊的",我们就会惊讶于,过于强烈的光线,让人目盲的光线,是要通过近视,通过目力衰弱来表达的——在词源学中吸引人的地方,是它的不合理性,而不是它所解释的部分,它通过破译来保留或增加的谜的形式)。但是尼采并非像晚些时候的柏格森仅仅下了这样一个论断,说词语只适合粗浅的分析,对于知性的分析("极端"的意思是:显而易见的,特征明显的)?这里的质疑依然质疑得不充分。

❖ 瓦莱里:"思想家是关在笼子里的,将无限期地死于四个词之间。"这句话语气饱含贬义,但是含义并无贬义:重复性的耐烦,无限的恒心。同样的瓦莱里,是否是同一个呢?最终他借由经过而做出了以下的肯定:"思考?……思考!是失去了线索。"简单的评论:惊喜,间歇,非延续性。

❖ 词根(racines),语法老师(波普)发明的一个词(换句话说,理论杜撰,但是语言理论并不比其他任何理论杜撰得更厉害)。或者,如施勒格尔所言"这便是名词在表达","在语言中永远要成形的充满活力的芽"。这便是名词在表达:(名词在这里就是"根"),这种对于名词的召唤展现了对于原则的请愿,一切语言从中获得繁殖力的循环:通过类比的方式同植物性增长一起被命名为的根,以及深藏在大地之下的生发原理所预设的统一性,我们可以得出这样一种观点,根是可塑的胚芽,借由这个胚芽,在不同语言中的词语接收到发展的权力以及创造性的丰富。再一次,不信者和信者:这二者都既对又错。作家,回归到某些被称为基础性的词语的种子,如同海德格尔一般,从中接收到朝向思想和词语的丰富性的推动力,让设想"成真",而根据这种设想,在根里有一种工作着并使人工作的威力。

❖ 即便是洪堡这样谨慎的学者,都经历了从内在类比——在语言内部——(自动发生的语言符号的发音和含义的相互关系)到外在类比这一过程——这一过程便是认为词汇通过发音对世界、物件、一般存在(真实的)的模仿,然而洪堡通过区分发音时刻和听觉噪音对这种模仿是拒绝的。而他经历的此过程展现了通过将意指的过程自然化来对其"去自然化"这一难以抗拒的诱惑[和现代评论家所支持的观点截然相反,洪堡在一个相似词汇类比中承认:wehen(吹),Wind(风),Wolke(云),wirren(打乱),Wunsch(愿望),都是波动、杂乱、不确定这样的意义的反映——印象——被 W 发出,被不发音的 u 收缩]。的确,洪堡细化了这种模仿的观点,并未给它以起决定作用的重要性。更加有决定作用的是在其自身的语言的"超验":进入到和语言的共鸣之中的语言,被限定为没有终结,被打断的未被打断的动作,而这种动作之后"让灵魂进入到同其自身以及同物件的共鸣之中"。"语言也许可以比作繁荣复杂的故事情节,在这个故事中,每个部分都和其他部分相互关联,根据或多或少可以定位的连续性,每个部分都属于一个整体。"这被洪堡命名为系统的下伏整体。(当洪堡写下:"音素和意义之间存在密切的关联,这是毋庸置疑的,但是我们很少能够由此系统地理解整个结构——我们更多地只能得出一个漫射的印象,而它的深刻的特质却并不为我们所知",这是一种犹豫,一种小心谨慎的语言。最后,洪堡用了象征这个词,有点像黑格尔,让无法被展现的借由象征变得可展现、可呈示:"象征有这样一种权力,既鼓励又限制精神停歇在无法被表现的"表象周围——纯粹超验。另外,洪堡还提到了概念和因素之间无法缩减的差异。

❖ 尽管热拉尔·热奈特所说的内容同他所想的内容也许有些相悖,但是其对赫莫杰尼斯式苦行的拒斥并非没有效果。既然我们受恩于他语言学学问的可能性,且没有作家能够在未将这一点谨记在脑海中的情形下书写,那么,这样他们才能抵挡,尽管有时屈服,所有模仿的便利性同时导致一种完全异化的活动。

❖ 为什么馈赠的苛究会在我们这个时代被确认?尽管它的功能已经如此不同,并且存在着如此多相悖的、多样的思想,比如乔治·巴塔耶、列维纳斯、海德格尔?这个问题值得提出,却没有一致和统一的答案。如果我们提起尼采和莫斯(Marcel Mauss),这只能让我们定位意义(指示)的固定性,而借由这种固定性,已经迫近的问题被凝结。对于他者的研究——我们可以用异种学来指示——在巴塔耶的理论中,领先于"馈赠"或消费所命名的事物——对秩序的扰乱,违抗,物件(有用性)之管理不能统治的某种更广泛意义上的经济重建；但是，和牺牲的想法相联系，和至高无上之时刻的经验相联系的不可能的失去，在某个系统中不允许撕裂思想的张力被凝结，没有休止的某种语言的粗糙所坚持的张力。而在列维纳斯那里，也许是迷惑人的或是浮于表面的相近来自借由他人的超验而得到的同一个词另样。从一个到另一个的无限关系要求超越一切义务，导致了不再是自由主体之无偿行为的馈赠这一理念被迫忍受冷漠，另一边是全然的主动性和全然的被动性，耐烦的责任感一直延伸到"替代"，"此替代彼"，此时无限被给出，不能被交换。

不要局限在那些对我们所理解(和翻译)的海德格尔所作出的过于简单的解读："存在的历史被理解为馈赠的历史，在这馈赠中，美好降临(Ereignis)保持撤退。"由此，引出被过于简单化的问题："进入美好降临状态意味着存在历史的终结？"馈赠这个词语借由德语中表示"有"的句式被给出："Es gibt"意为"这给出"，"这"便是"il"，是"Ereignis"的主语，是最为纯粹的降临。如果我们满足于这样说：当时间撤退时，存在被给出，我们什么也说不出，因为我们以给出、被给出及促进的"此在"来理解"存在"。但是，海德格尔斩钉截铁地说："在场(存在)属于自行撤退(时间)的林中空地——一线光。自行撤退的(时间)的林中空地——光亮带来在场(存在)。"没有任何结论，我们从那接收到永远和在场(存在)相互关联的馈赠。"美好降临了"(一切在场的在场,耶稣再临人间),同样,"话语说话了"也是话语的馈赠,以发出从不相同的**同一**的多重财富。

巴塔耶和列维纳斯之间的共同点或者说相近之处,是如同来自他者或者他人的直至不可能失去的用之不竭(无限)的作为苛究的馈赠:**内在性的馈赠**。而在海德格尔那里,对**同一**的保留和在场的经验从那里岔开,而"被给出"或"他给出"不能够接受任何一个明确的主体,尽管拥有那些让"美好降临"发生的细节。谁赠予?谁被赠予?没有统一答案的问题,在只接受语言本身,和语言的馈赠的语言中发出回响。

因此,有要将其神圣化的危险倾向。浪漫主义的自发运动是将古老的、原始的时间与一切言语的宗教性特征的复兴互相关联。A.W.冯·施勒格尔:"言语首先是祭祀,然后它变成了职业。""语言是存在之所。"但是我们同列维纳斯一样要重申的是:"语言已经是一种怀疑主义。"写作,是对写作绝对不信任,同时对写作绝对信任。我们给予这种并不和它那过于狭窄的句式一样矛盾的双重运动的根基是让人想阅读,剩下的是一切写作实践的规则:"被给予被抽回",在这里我不能说是它的应用或者是对它的阐释,这是很不恰当的术语。但是,由于辩证法以及在辩证法之外的以被说出的方式而被证明的,则在言说及言说的对象存在之后。

❖ 我们不要任由自己过多尝试——同时还在接受——学

问所肯定的内容,比如勒鲁瓦-古朗的学问,描述了写作留下的最早痕迹,比如那些隔一段时间就会出现的宛如"刀刻切口"的形式一般的系列作品。这会引发思考,而重复性的推力从此成形。艺术和写作并无差别。另一种肯定是:"如果有一个点,在这个点上,我们可以获得一切确定性,那便是书法并非是从幼稚的象形开始,而是从抽象中起步。"我们能接受这句话被肯定,但有以下的一点保留意见:对于我们而言的抽象,这意味着,对于我们而言,是隔离的,被分隔开的。这样,我们回到最重要的决定,质疑永远都是正确的也是必要的,如果我们不停止思考那无法被思考的。托多罗夫:"从贯时性的角度来说,不把物件的消失置于起点,我们就不能设想语言的源头。"勒鲁瓦-古朗:"相对于亲身体验,这再次将语言变成解放的工具。"带着这些过于简单的句式的主体那被维持的保守态度,我们可以说:这是在语言中,语言符号的发音和含义发生关系的过程的苛究,不仅仅是会将"物件""亲身经验"分离出去的苛究,借由一种极端运动,最终会成为逃离的语言符号的发音和含义关系中的意义本身,同时一切保持运行。只是,语言也承载象征,被象征之物和象征物可以成为彼此的一部分(这意味着永远都在相近的词汇表中),不可展现之物的在场,在它所超出的表象中,无论如何,都借由某种"有明确动机"的和文化的关联(我们立刻想到了:自然),重新在符号和"物件"之间引入一种艺术,作为文学的艺术所维持和更新的

不稳定的在场—缺席。(参考托多罗夫在《诗学21》中的评论)

❖ 词源学杜撰的例子。节奏:平静的且也许有"过失"的词源学将我们抛回到 sreu(希腊语,蒸发)和 rheô(声音),流动;由此得到了 rhuthmos(节奏)一词,液体(节奏和押韵)流动和退潮。但没有人会决定这是否是一直已经在运作的重复的分割,这种重复分割曾经让人辨认出浪潮的涨落,或者是否可能是人对于海浪场景的既存印象只是给出了一种也可能未被察觉的重复的感觉。数不胜数的重复现象(比如:吸气—呼气,去—来游戏,日—夜,等等)毫无疑问让人生疑。并且,传统的词源学以"具体"的例子和样本(以及某种特定学问)给人幻觉;我们想起海中的人、爱冒险的航海家,恐惧的,兴奋的,通过观察这种有节奏的运动,观察第一法则,掌握了最危险的未知技艺。(那托起他们同时也将他们吞噬的海洋的无限性):对于这些在海上航行的人来说,一切都来自大海,如同对那些辨认出这样的星座集合、在神奇的"行星位形"中指出那一个个光点的其他人而言,一切都来自天空。这种新生的节奏已经控制了他们的语言,他们所说(所写)的语言,在给他们命名之前。

❖ 我们回想一下荷尔德林。"一切皆节奏。"辛克莱有证据表明,荷尔德林曾经对贝蒂娜如是说。也许这也是贝蒂娜想象出来的。怎么理解这句话呢?这并非是说他所属的一个已经被赋予秩序的全体性中的宇宙,在维持这种归属性的节奏之中。节奏并不根据自然、语言或看似占主导地位的"艺术"。节奏不是简单的**是**和**不是**,"被给予"和"被撤回","在场—缺席""生存—死去""生产—毁灭"之间的切换。节奏,解除统一性那被掩藏的多重性,且看似在控制之中,根据规则被规定下来,然而却在威胁规则,因为节奏永远在借由复返以超越规则,在可测量的范围内危如累卵或趋于完工,这种复返是无法测量的。节奏之谜——辩证的、非辩证的:他者无法解放的此人——这是极端的危险。如果,通过说话,我们为了赋予节奏以意义而说话,节奏之外的节奏有感觉、有意义,这便是我们穿过的却无法在敬其如神时摆脱的神秘事物。

❖ "乐观主义者书写得很糟糕。"(瓦莱里)。但是悲观主义者不书写。

❖ 抄近路并不能让人更直接或者更快地到达一个地方,只会让人迷失了本应该走的那条路。

❖ 我们过于坦率地对节奏提问,这是让节奏和坦率建立关联,以某种特定方式,只让我们向节奏坦诚,强迫性地臣服于节奏,后者变成打开坦诚并根据结束音节为其划分出节奏的唯一**主语**。如果不是借由滥用，节奏不会是**主语**。"一切皆节奏。"并非回头来说——这将同时既是说得太多，又是说得太少——节奏是一切的全体性，然而却并不是一种简单的模式，就好像我们说：一切存在都根据节奏——然而这是必须要达到的赞同，因为这一存在和节奏之间的关联，这不可避免的关联，让我们不思考不根据存在而存在的节奏的时候就无法思考存在。借由差异而被询问的其他方式。

❖ 梅尔维尔—勒内·夏尔："突然后退的欲想中的无限。"梅尔维尔，借由英语词汇，暗示了某次激烈的碰撞：无限炙热的诱惑是重新生出的恐惧。欲想中的绝对性（作为欲望之无限的无限，和欲望相关）不能仅仅借由"无欲望"而经过，却同时苛求极度恐惧，因为无限诱惑而造成的无限撤退。

❖ 我们不推开自身在所有途径下都从属它的大地，但是我们不会把大地变成一个避难所，也不会居于大地，一个美丽的必要，"因为糟糕的是大地"。永远迟到的灾异，喘不过气的睡眠会让我们回想起它，如果存在无从记忆的记忆。

❖ 如果"关于无法描述（indicible）的泄密（indiscrétion）"（列维纳斯）也许是个任务，这个任务则是借由重复相同的前缀"in"来建立关联，还有它和无限（infini）一词之间模棱两可的关系。

无法描述是由提升至无限的**说**限制的：不说的，不仅仅是那些必须要说的，也有只会在标记之下，在说的保留之中不说的内容。同样，泄密，是缺少有保留之帮助的有保留，在保留中维持，并在保留中缺失。

❖ "根本的改变"，我们可以通过后面这种使之明确的方式来指明它：如果一切在场从突然发生的事物中被排除。根本性改变它以使之出现的"非现在"的方式突然来到，且不使自己因此托付给未来（可预见的或者不可预见的）或者从过去中自行撤退（被传递的或未被传递的）。

❖ （原初的场景？）"泄密（indiscrétion）、无法描述（indicible）、无限（infini），词根的转变，通过这几个词得以称谓的事物之间是否存在某种关联，至少是某种它异的苛究，这种苛究使这几个词一个接一个——或者同时——可被那些被称为某个场景的所应用？错，因为像避开杜撰一般避开可成形之物；仅仅是为了不谈论起它们，当某个时段某个事件发生。——一个场景：一片影子，一缕微光，一个具备"过于"，一切都"过分"的特征的"几乎"。——它被影射成的秘密，是它所没有的秘密，除非对于那些拒绝承认的人。作为被叙述的，被大声说出来的无法描述的：并非马拉美式的"大声说出"（尽管我们不能避免提及他——我依然记得这句话："我将言语大声说出，为了让它在它的空虚中被延长。"这个"为了",这个过于做作和虚无的目的,不允许在其中停止),更确切地说,并未抛向未尽言(仿佛对它的断言变成了一种习惯)或者一种取之不尽的言语财富的尽言(le dit),保留了看似拒斥它,其实是准许它且引发它直至某种食言的说。说:说的权力?这会很快使之蜕变。衰退对它而言则是更恰当的。——如果恰当在这里是不合时宜:极少的,贫穷的,如果不是的话则是来自永不被接受的失去的馈赠。——但是谁在讲述?——故事。——前故事,"闪闪发光的情境",被闪电击中的孩子借由这个情景看到的——他有这个情景的画面——给予他言语的沉默的那个杀死他的幸福的谋杀。——眼泪再次从孩子眼中流下。——一生的眼泪,所有的生命的眼泪,绝对的解体,快乐或忧伤,在不可见中,那张稚气未脱的脸庞抬起,为了在不可见中闪耀直至显现没有符号的情感。——立刻被平庸地解读了。——平庸没有错,当找不到避难所的孤独拒绝承担责任,安慰性的评论被给出。——我回来了:情景是很多人、树、墙壁、温室花园、游戏空间,以及伴随这些的无聊;是时间和它的话语,不分章节的可讲述的内容,或者纯粹是章节体的;即使是天空,在我们给它命名之后他所预设的宇宙维度中——星体,宇宙——是十分俭省的光亮,它是"奢侈的决心",不会远离的远离。——但是,同样的天空……——确切地说,必须是同一片天空。——什么都没有变。——除了虚无之中的动荡。——有人借由窗玻璃上的裂痕(在窗玻璃后人们可以确保得到一片被保护的透明)打碎了宇宙有限——无限的空间——寻常的秩序——为了在那里用荒弃的外在替代智慧的眩晕,如同黑暗和空无,同时满足开放的瞬时性,并以绝对的姿态被赠予,借由缺席、失去和被驱散的超越来宣布对其的揭露。但是被"无"这个自身什么都不是的被挖空的词语的决定停止的"超越"被反过来呼唤至场景之中,自幕布揭开,自揭露开启。同样,"无""存在"以及"有"的张力介入干预并引发了永无止境的震动。——我向它让步:"无便是有"禁止在平静中和在简单的否定中被说出(仿佛有个永恒的译者在他的位置说:"什么都没有。")——没有任何的否定,但是有沉重的术语、并置的诗节(没有邻近)、闭合的满足(在意义之外),静止不动的沉默的每个人,并因此窃取了它们以句子为形式的关联,而我们因为指出在这个句子中什么渴望被说出而倍感尴尬。——尴尬微不足道:从这个句子,经过句子中只能通过爆炸而包含的内容。——在我看来,我听见"有"的一去不返,"存在"和"乌有",徒劳无功的浪涛,铺开、收起、留下痕迹、擦去痕迹、根据匿名的沙沙声的节奏滚动。——听见声音的没有回声:它异的听见。——听见它异,但是我们不会走得更远。——本已经太过超前,同时又在后退。——回归到最初的询问,引起杜撰的假设,没有这个假设,谈论从未说话的孩子,将是在历史中经过,在经验或真实中,以章节的名义,或重新以静止场景的名义,它在使它们不受损伤的同时毁灭它们(历史、经验、真实)。——灾异的慷慨的效应。——没有皱纹的脸庞的衰老。——不易区分的哲学和诗歌的沉重辱骂。

"永远被悬置的问题:这种给予它快乐和折磨的'能够—死去'死亡了,它是否已幸存? 或者说,幸存到底意味着什么呢? 如果不是依靠对拒绝的默许而活着,在不安的干涸之中,在对自我的兴趣撤退之后,不感兴趣、筋疲力尽直至平静,什么都不再等待了? ——因此,在等待和监视之中,既然突然醒来,从此之后,知道了真相,从未足够清醒。"

❖ 很自然,"灾异"一词可以从词源学的角度被理解。很多碎片记录了灾异的痕迹。但是词源学不能够以一种更受偏好更加原创性的学问被展现,为了确保它对于不再只是一个词的内容的掌控。相反的,用这个词书写的不确定性,越过了词源学,并将它引入灾异。

❖ 没有灾异的等待,那是因为即使我们认为等待永远都是一个被等到的或未被等到的等待。但是同样的,和未来的关联比和可进入的过去的关联要更密切的等待也是等待的等待,它没有将我们固定在现在,因为"我"永远已经在等待我永远将要等待的:非可记忆的,我无法再忆起的,如果我没忘记未来的话就无从知晓的没有现在的未知,未来是我和即将到来却未到来的、因此也未曾出现、未被表现的事物之间的关联。这就是为什么它借由说的书写运动被允许：死亡，你已经死了。那什么是遗忘呢？不会多于在记忆中对可记忆之物的剥夺，它不和将在未来在场的事物的忽视相互关联。遗忘指出了对可能性的超越，遗忘不会在过去和未来限制的不可忘却的**他者**：耐烦的被动性。

❖ 如果源头预设了一种原始的在场，那么源头是不存在的。永远过去、已经过去、没有出现却已过去的某物，这便是遗忘给我们的不可回忆，同时说：一切开始都是重新开始。

❖ 确定的是，人们削弱了海德格尔的思想，当他们通过对借由死亡得到的确实性的追寻，阐释"向死而生"。恒久的人道主义视角。"确实性"这一术语已经无法回答无法同"存在"相关联地被思考的"ereignis"中的"eigen"（专有）一词晚些时候被赋予的模棱两可的含义所宣称的"本质"(Eigentlichkeit)。但是，即便我们脱离了里尔克"专有死亡"的幻觉，在这个层面来看，死去没有和"个人性"相分离，同时否定了在死亡中有"非个人性"的存在，相对于此，不能说"我"死去，而是有人死去，永远另样地死去。

❖ 谢林："灵魂是存于人的真实神性，无人性的……灵魂，即非人性。"或者说：因为人类精神和灵魂相关，如同某种非存在，即无知性，它最深刻的精髓（作为和灵魂及上帝分离之物），便是疯狂。知性是有规律的疯狂。没有任何疯狂的人是有空洞知性的且乏味的人……"

❖ 对于某位弗洛伊德而言，事实是"我们的无意识无法表现我们的必死性"。这意味着一切多于死去的都是无法表现的，并不仅仅因为死去是不在场的，还因为它并无场所（lieu），即便它是时间范畴的，时间的时间性。同样，如果必须要思忖彭塔利斯（Pontalis）的话："（无意识）忽视了否定性，因为它自身便是否定性，和生命中预设的圆满的肯定性相悖。"需要回想的是，"否定性"要么是已经完工，以言语在言说，并且和"存在"相勾连；要么是闲散的"非工作"，并非延续性的耐烦。提前注册永远被抹除如同意义的生成（而不失去理智），并且只在如同我们不会与之交流的他人之死亡或永远另样的死亡一般才会"由我们"承受，而在体验之下，我们体验到责任。因此，（在死亡中）同暴力和侵略性没有任何关系。那个模仿无法成像的形象的人，是由于书写本身，开裂、分裂、碎片，但是没有结束，"只有完成（更确切地说是未完成）这个终点的过程，它的重复性这一特性给予其冲动性的标志"。（彭塔利斯）我再补充一下，死亡冲动的所有现时的社会形象（原子弹的威胁，等等）和无法成像的形象都毫无瓜葛，至多和（黑格尔的）

否定性的原意相关联,也许是以摧毁的方式来构建。面对永远已经发生的死亡,我们别无可做:闲散状态的工作,同没有现在的过去(或将来)的非关系。同样,灾难将会超越我们所理解的死亡或深渊,不论如何看待我的死亡,既然已经没有位置留给它,那就会没有死去地消失(抑或相反)。

❖ 必死的,不朽的:这个颠倒有意义吗?

❖ 我在读罗兰·巴特时,读出了一些弦外之音。我猜想,对于维特而言,爱情-激情只是婉转地寻求死亡。在读完维特之后,这世上并没有多出更多的情人,却多出了更多的自杀者。歌德在维特身上卸下了死去的诱惑,而非激情的诱惑,这一写作,根本不是为了不死去,而是借由一次不再属于它的死亡运动。"这只会造成悲剧结局。"

❖ 对他人负责的我,没有我的我,是脆弱本身,程度已经一点一点受到质疑,作为我、没有身份的我,对无法向其给出答案的人负责,回答不是问题的问题,和他者相关的问题并不再等待从他那里得到一个答案。**他者**不回答。

❖ 我始终相信,词源学的热情同某种自然主义相关,仿佛是要寻找一个原初的秘密,这个秘密来自最早的语言,而这一最早语言的失去则将线索从一种语言传到另一种语言,这些线索能够让人们重构第一种语言。很轻易就证实了书写之苛究的人,让人相信,正是借由书写,人们可以掌握一个个人的秘密,他能够在他者毫不察觉的情况下纯真地发现这个秘密。而如果有一个秘密,它是在此人和他者之间无限的勾连之中,这种勾连则被意义之偏移抹却,因为此人看似在其中保留他的必要性直至死亡。但是,在语言学中,意志的自由性这一观点也是可批评的,这个观点中有苦刑的价值,将我们同简单的解决办法相分离。(也许符号的意志自由性这一观点已经加上了"世界"那一不言明的、被遮掩的图像。)

❖ 灾异,未被经验的经验,毁坏与世界的关联却又在同时使之完好无损,如同在场或缺席,但是并未将我们从它压覆在我们身上的困扰解放出来:它将我们引向的,是同**他者**(他人)的非相互性——瞬时又无限的问题——不会在它将隶属于的天体空间内发生,并且会用一种根本的异质性来取代它。这并不意味着我们同第三者脱离了关系,那些因为不公正的秩序而承受痛苦的第三者,当我们的痛苦永远被解释——在公正之外——因为我们对让我们承受痛苦的(他人)负责,而不是我们要承担它使我们承受的痛苦,而是因为它献给我们的在一切被动性之外的耐烦将我们重新引向没有现在的过去。这种写作的"假—非可传递性"同这种任何补充部分——生或者死——都无法补足的耐烦相互关联。

❖ 自然而然地,已经提出的问题会被重新提出:如果他人的执念已经变成了一种迫害,那么在生命之中的死去,难道不是在表现出一种朝向它自身的暴行,将它在某种程度上变得粗鲁吗?但是,我不会接受和承担的是我们被要求的忘却。因为耐烦的被动性,我没有任何要承担的;因为反复变成负责人且有优先权,我的能力已经失去乃至消失。不再有名词,但是这种"非名词"并非是粗鄙的匿名,正如克尔凯郭尔所定义的("匿名,抽象、非人格性、迟疑与责任的缺席的最高表达"),在这句话中,有很多含混的地方,仿佛匿名是在这个世界上得以实践的匿名,比如所谓官僚主义的匿名。

❖ 作家,白天的失眠者。

❖ 诚然,书写是对借由手来支撑自我的拒绝,对借由专有名词来相互称谓的拒绝,同时,这并非拒绝,而是宣称,接受而不承认缺席者——或者,借由缺席中的词语,未曾被经历的证人,不仅仅答复了主语中的空洞,而且答复了作为空洞的主语,在一切地点之外已经发生的死亡之迫近中的消失。

❖ 书写和失去,但是没有馈赠的失去(没有补偿的一种馈赠）永远面临这样的风险，成为一种带来安全的抚慰性的失去。这是为什么也许并没有爱的话语，除非来自在缺席中的爱，在失去中、在衰老中即在死亡中"存在"的爱。

❖ 如果死亡便是真实，如果真实就是不可能，我们则在接近死亡之不可能性的思想。

❖ 根据巴尔·舍姆（Barl-Shem）的门徒平哈斯（Pinhas）拉比的思想，我们必须"更爱"坏人和令人憎恶的人，以借由我们的爱补偿由他们承担责任的爱的缺失，这种爱的缺失导致了**爱**的力量的一种"撕裂"，必须要为他们修复这个裂痕。但是恶毒和仇恨到底意味着什么呢？它们并非作为被剥夺者、被抛弃者和被放弃者的**他人**的特征。如果说我们可以谈论仇恨和恶毒，那是因为借由这两个词语，当公正要求拒绝和抵抗直至注定要推动暴力的暴力出现的时候，坏损害了第三者。

❖ 我想要仅仅满足于一种言语，它一直在缺席之中保持纯粹和生命力，只要我能借由这一言语来承担一切语言的一切无限。

❖ "由一个团体或某个个人所表现出的反犹太主义的细节证实了这个团体或这个个人的反动性本质。"（吉尔曼引用的列宁。）

❖ 保持沉默，是在不知不觉的情况下，我们每一个在写作的人都想要的。

❖ 约伯："我已经说过一次……我不会再重复；/第二遍……我什么也不会补充。"这也许意味着写作的重复，通过重复到它无法再补充任何内容的极致。

❖ 尼采偶尔会怎么谈论犹太人呢？"爱的原则来自犹太人的小团体：更加富于激情的灵魂炭火在卑微和贫穷中酝酿：既不是希腊的，也不是印度的，也并非日耳曼的，保罗谱写的爱德之歌不带一点基督教的色彩，而是永恒火焰的犹太式的喷发，是犹太教的……"——"每个团体都有这样的趋势，就是贬低对手直至把他们变成讽刺画式的存在……在古罗马贵族的价值秩序中，犹太人被贬低成了讽刺画……而柏拉图在我心中也变成了讽刺画中的人物……"——"在道德的条框之下，隐藏对于犹太人唯利是图的精明的嫉妒，这便是反犹太主义，粗俗和笨拙的下流。"尼采很清楚，犹太人之所以变成商人，是因为他们不被允许做任何其他事。这一晦涩的祈愿为了犹太人宣告了新的未来："要赋予犹太人拥有新品性的勇气，他们已经拥有了新的生存条件，而这和我的直觉相契合，在这条道路上,我不会被恰好在此时死灰复燃的那令人厌恶的反对意见所混淆视听。"这是很多令人生疑的评论中的一条,当尼采只在基督教中看到一种被解放的犹太主义,或者当他没有在深入思考之后从那个时代的基督教道德之中借取一部分到自己的语言中时。但是如果反犹太主义自成体系,成为有组织的运动,他就会立即心怀恐惧地拒斥。谁不知道呢?(尼采的思想是如此危险,这是事实。他首先告诉我们:如果我们思考了,就不要有休息的时候。)

❖ 尼采:"在犹太教的《旧约》这本关于上帝公正的书中,我们可以读到很多人、很多事件以及很多箴言,风格如此宏大,让古希腊文学以及印度文学望尘莫及。我们怀着敬畏之心面对这一人类曾经建造的无与伦比的遗迹,我们沉湎于对于古亚细亚以及希望自己能够代表'人类进步'的这座有些前突的小半岛——欧罗巴的忧伤思虑之中……""《新约》这一无论从哪个角度来看都是极具洛可可品味的鸿篇巨制同《旧约》连为一体,为了能构建唯一的、同质的一本书,一本精美绝伦的著作——《圣经》,而对于现代文学在意识中拥有的'反精神的最大的原罪',它也许也是最大的不慎。"尼采想要表达什么?他谈到了风格、品味、文学,而因此强化了这几个词所承载的意义。我注意到,古希腊文明的病态并不比基督教文明少。另外,基督教文明被赞扬,能够知道如何维持对圣经的敬意,并同时禁止对这本书的直接阅读:"直到今天依然被保持的方式,以集体的方式对《圣经》的敬意,也许构成了关于纪律和对道德的不断提纯的最好例证,而对道德的不断提纯是整个欧洲都要对基督教感激的——到达这种深度的这些书籍,作为最终意义的受托人(我强调的),需要被某个外在政权专制保护以确保几千年的延续,而几千年的时间对它们意义的详尽无疑的论述以及对这个意义的追根求源的理解是必要的。"同样,在另外一本书里几乎用了同样类型的词语:"《旧约》,是另一种东西。向《旧约》致敬!在这里,我找到了很多伟人,英雄主义的背景,以及在世界上很少见的一种东西,那是源于强健心脏的无与伦比的纯净。另外,我还在这本书中和一个民族相遇。"

❖ 既不是正在寻找地点,也没有在找句式。

❖ "一次爆炸只不过是一本书。"一本书:居于很多书之中的一本书,或者被抛向唯一的、最后的且最重要的簿册(Liber),或者更确切地说大写的书永远都可以是任何一本书,已经没有重要性或者超越重要之外。"爆炸",一本书,这意味着这本书并非是最终获得的全体性的艰苦集合,而是以嘈杂且沉默的爆裂为目标,没有这本书,这种爆裂就无法产生(也无法被表现)。然而当它本身属于一个爆裂之物,被粗暴地掀开，被放在存在之外的时候，它如同它存于自身的排斥之暴力被指出，言之有理的闪闪发光的拒绝：在爆裂变化之中的外在。

在所有书之中的某本书的死去是必须要回应的诉求：不是仅仅对某个时代的环境进行思考，关于已经在其中被宣布的危机，关于已经在其中被筹备的动荡，伟大的物件，几乎没有物件，即使它们要求我们放弃一切（正如荷尔德林曾经说过的，准备好把笔扔到桌下，为了能全身投入大革命）。和时间相关的回答，另外一种时间，时间性的另外一种模式，这种模式让我们不再能安静地成为我们的同时代人。但是必要的沉默的答案，没有假设，永远已经被拦截，取消了一切所有权和满足：对于它只能成为爆炸言语的回声的沉默。也许必须要引用，永远离我们很近的一位诗人的生机勃勃的词语，这一没有发表的警告："听，侧耳倾听——即便离得很远，被喜爱的书，最重要的书已经开始它们最后的喘息了。"（勒内·夏尔）

❖ （原初的场景？）自恋的特征，被通俗地微妙地理解为，如同拉罗什富科的自尊，很容易从中揭露出关于一切且无处不在的效应，只要给他一种形容词的形式即可：谁不会是自恋的？存在的一切姿态以及非存在的一切姿态。即使当它被拒绝直到变成否定式，带着谜题的部分，而这谜题使它变得模糊，它不停地变成被动的主动：苦行，绝对直至空洞的撤退，以自恋的方式被承认，一种对于某个失望的或者对其身份不确定的主体在自我取消之时自我确认的相对贫瘠的方式。争论并非是无关紧要的。我们在那里重新找到西方的晕眩，将一切价值观同"同一"相互联系，并且这里说的是一种没有很好构成的、短暂的、一边被失去一边被抓取的"同一"，也就是说对于某些辩证性的运动的偏好性主题。

神话学家很好地呈现了奥维德这位非常智慧、文明的诗人的版本，这位诗人的关于自恋的概念跟随了一切叙事流派，仿佛这些流派已经掌握了精神分析的学问，修改了神话以便发展它的情节，让它变得更加容易理解。但是奥维德最终忘记的神话的特点在于，在泉水边弯腰自照的纳喀索斯，认不出他自己在水中流动的倒影。所以，这并不是他，他热爱或欲求的那也许并不存在的"我"，其实是他所不了解的。他并未认出自己，是因为他看见的只不过是一个倒影，倒影的相似性并不投射到任何一个人，它的特征便是什么也不像。但是他爱上了这幅倒影，是因为倒影——整幅倒影——都是诱人的，来自空洞本身和圈套之中的死亡的诱惑。因为一切转变成寓言的神话都是有教育意义的，神话的教导作用将会是不要相信倒影的诱惑。这些倒影不仅仅具有欺骗性（由此得出了普罗提诺那些肤浅的评论），而且让一切爱变得失去理智，因为欲望因无法立刻满足而发生是需要一定距离的——这是奥维德，在他那些洞察入微的补充当中很好地通过让纳喀索斯说话的方式翻译出了他的内心活动(如果纳喀索斯可以说话，可以对自己说话，可以有内心独白)：占有让我一无所有。

在这个神话中有虚构性：死亡一直在场却未被命名，借由水，泉水，清晰狂喜的花的游戏，地下的可怕的无底之底，但却危险地(疯狂地)凝视着这底部，幻想这底部其实和水面很近。纳喀索斯死了吗？几乎没有。变成了倒影之后，他在想象的静止解体中自我解体。在这想象中，他被冲淡却不知，失去了一条他并不拥有的生命，因为，如果我们能够保留一些永远都要准备使其合理化的古代评论家所说的内容，那就是纳喀索斯从未开始活着。这个孩童-神(别忘了，纳喀索斯的故事是神或者半神的故事)，不允许他人触碰，不说话，不自知，因为，根据他所接收到的指令，他必须要保持对自身的背离——因此，非常接近令人惊叹的孩童，永远已经死亡，但是却命中注定要脆弱地死去。这是塞尔日·勒克莱尔告诉我们的。

是的，脆弱的神话，关于脆弱的神话、意识的震颤的介于两者之间的部分，并未成形。来自看到的，把可见的部分变成诱惑，它让我们学会想象的各个版本之间的一种，根据这个版本，人——是人吗？——如果能够根据倒影来自我塑造，更加确定地被暴露于由于其倒影而被拆解的风险之中，向一种由于相似而造成的幻觉开放，也许是美丽的，也许是致命的，但是来自一种含糊其辞的死亡，完全在一种无声的无知的重复之中。当然，神话不会说任何如此明显的内容。古希腊神话通常什么都不会说，而是借由圣哲隐藏的学问，来玩诱惑者要求猜谜这一无止境的游戏。我们称为意义的，或者叫作符号的，对它们而言是它异的：它们制造符号，却没有意指，既展示出又隐藏了永远清晰的事物，讲述透明的神话和关于透明的神话。因而，一切评论都是沉重且嘈杂的，并且，当它对叙事方式进行陈述时更甚，神话性的历史就越以一种机智的方式自我发展出几个包含了不可捉摸的清晰性的解释性段落。如果在纳喀索斯这个寓言中，这位很可能延伸了某种传统的奥维德通过说起回音仙女来让我们可以提及的"命运"一词介入，这恰恰是为了让我们尝试在其中找到一节我们在之后加上的和语言相关的课。而这一直是有教育意义的：因为寓言里说，回音仙女爱纳喀索斯，却不让他看见自己，只留下没有身影的声音，注定永远只能重复最后一个词——再无其他——纳喀索斯会被呼唤与她相见，进入一种非对话的状态。这种远非**他者**应该降临于他时的那种语言，只是一种押韵的、模仿性的叠韵，一种言语的相似物。纳喀索斯被假设为孤独的，并非因为他太沉浸于自我，而是因为，这种被反射出的存在——他自己，因为禁令（你将看不见你自己）的存在，对他自己而言是缺失的。借由这种被反射出的存在，一种和另样生命的鲜活关系本可以被尝试。他被预设为沉默不语，只有把对一种总是说同样内容的声音重复性的倾听作为言语。这种声音无法被他归为自身,并且带有确切的自恋性质,而他并不喜欢这声音,因为它不能提供他者的任何东西令他爱上。人们相信孩童的命运是重复最后几个词,然而这重复却属于萧萧的喧哗声,这种喧哗是着迷而非语言。而恋人的命运是通过词语来触碰彼此,通过词语保持联系,同时也可以无止境地重复,为最平庸的内容心生赞叹,只是因为他们的言语是言语,而非空洞的语言,因为他们借由某种从幻想到倾慕的重叠通过彼此凝视自我。

在这个可能有些晚到的神话中,最触动人的地方,是对看的禁令再次回荡在古希腊传统中。这种禁令历史悠久,但却一直在可见的区域里实行,在它所表现出来的外在中,在它的多重外表之下那已经具有神性的存在中。永远都有一些东西是不要看的,并非是因为并不是什么都能看,而是因为大部分的神都是可见的,是可见之神,而目光会将神圣之物暴露于危难之中——每当目光借由急切地想要凝视和占有的傲慢,却不以矜持和带有保留的方式。没有动员扮演了太多次服务之神的忒瑞西阿斯,也不用启动神谕的两种话语,仿佛这两种话语已经预谋颠覆彼此:"通过你自己来认识自己""如果他不自知,他将活下来"。不如这么思考,纳喀索斯在看到他无法认出的自己的倒影时,从中看出了神性,永恒的无生命的部分(因为倒影是不会变质的)。这个部分在他不知情的情况下就属于他,他没有权力在空洞的欲望下看,因而,人们可以说他因为不朽而死（如果他死了），某种被花、葬礼之花或者修辞之花的化身所证实的表面的不朽。

❖ 思想的苛究遵守乘法法则且想要避开一的加法："在做乘法的时候，不能通过总是加上一个维度，但是相反地、最简单地，因为节制，关于人们安排的多个维度，总是 n－1；一在永远被减去之时构成乘法的一部分。"（德勒兹－瓜塔里）由此，我们能够得出这样的结论，一不再是一，但是乘法借由减法这个部分通过不断增加来自我构建，除非有作为缺失的单位插入。这是最复杂的点，这里涉及的难道不是标准的模型吗，在一种被规定的特殊学问的守护之下？

多重性是模棱两可的，首先这种模棱两可比较好定义，因为这里有多重性、有变化、多变的或多样的，借由这些辩证法或者实用的相关步骤，即借由对神秘的调和的帮助，统一的全体性形成，它保护了这些步骤，通过像篡改媒介的办法和时段一样篡改它们，或者神秘地，将它们抛进烧尽和混乱的大火之中。但是，乘法、变化的或分离的事物，跌进一的诱惑之下，作为它的接替，或者可感的形象，或者顶替者，不能以其他方式靠近的迫近：在将要完成或者假装的宇宙中完善这一过程的等待和资源。通过"一"，普世且最高的一的主体（这是一个分裂的、永远双重的、徒然欲想的主体），多重者、脱离者、差异者，只是作为通道：大写的在场的投射，即使没有名字，献身于至高无上的高度。借由救赎的希望，对（神秘的）溯流而上和辩证性的大胆混合。不能贬低这些步骤，因为利害关系在其中很重要，几乎（直至今日或昨日）可应对一切道德或一切学问的目标。

剩下的便是——或者光荣的、严酷的且无法理解的至高无上的法则将多重作为多重来排除。这是借由一些逆转，从他者转向同一，用差异取代差异者，没有让差异成为问题，对回应可居住之宇宙的（在这里，我们被许下这样的承诺，一切都将并且已经在场，在可领会的—不可领会的**在场**的参与下）秩序的言语的组织，既是强大的也是必要的。但是这种对**同一和一**的统治权，庄严的抑或简单的（无论它是近在眼前或值得期待），提前统治了一切，并统治了一切存在如同统治存在，在它的轨道所形成的面上引入一切，显露如同一切核心，一切被说出的，一切要被说出的句式：杜撰、问题、答案、对于真理或错误的建议、肯定、否定、画面、象征、生命或死亡的话语，确切地标记了正是在一和一切的统治权之外，在宇宙如同超越宇宙之外。当一切都完成之时，死亡最终突然以喜乐的生命这一形式出现，当以一种更加紧迫的方式的时候，没有他者权力（多重者、脱离者、分散者）的苛究被给予仿佛永远逃避完成者。同样，对于令人满意的因为被完成而沉睡的思想，被肯定（如同空洞的肯定），来自他人的（在非在场的状态中）警戒的且不停的困扰，它只知道它回来了，却不能将其认出。黑暗的灾异，为了能将它指认给一个被拆分后的永恒，也许是一种写作的前提，却是作为已经过去的事件的革命。

❖ 简单的诱惑，这是一种来自一的馈赠——从未被赠予的：我们所认识的整体只是被折叠的整体，而它的再次折叠隐藏了"只有一次"的无限财富，而这种财富在其中受苦。为了使我们永远被准许说：简单的并非简单，除非我们能够借由这个句式，被引向对于一的不可理解性的保卫，它从存在中的解脱，它具有诱惑力的超验。复杂停留在或多或少有层级划分的混乱状态，为了能在维持存在整体的同时自我解体而自愿被分析。并且，乘法也可以轻易地被缩减，如果它是借由直至更多的数字自我构建的：只要单位是它的构组代理，在不动的一参与之下。但是作为乘法的乘法将我们抛向"作为结构"，作为相似的结构。避开了同一性的多重性且由此，同一性永远都在逃避和他者的关系，借由并不统一的他者：或者甚至是差异的差异，没有碎片的碎片性，这一有待书写的永远都以灾异的方式，并同时摧毁了灾异，先于一切书写和话语的开始。（但是，相似的结构——作为乘法的乘法，如同这般或者自我——意欲重建"非同一性"的身份，"非一"的单位，拆除裂开和在某种形式下的稳定；乘法的思想是再一次不一致，从那里起和不允许思考的差异的非持久性建立关联。）

❖ "统治权**什么都不是**。"这句话中被说出的"什么都不是"包含的不仅仅是废墟中的统治权,因为统治性的废墟对于**统治权**而言也可以是这样一种方式,在突出大写的"什么也不是"时自我确立的方式。根据永远在隐蔽处的否定性的提纲,统治权会在想要绝对地否定它的人之中绝对地铺展开。但是,也有可能"什么都不是"不会起作用,在绝对的被了解的形式之下,只是隐藏了在不能被命名事物中逃逸的、中性的、永远在中立化过程中的中性。对于它而言,没有什么是有统治权的,并且,已经提前被交付:要么是在**一**的疏忽之中,要么是借由他者的否定性的言语断续症,既不否定也不肯定的否定,以及因为重复性的无限腐蚀,让**他者**被标记,被取消标记且被再次标记如同和那些在场之人以及那些缺席的人没有关联的人。

❖ "可是,不对,永远都从不可能之翼的铺展开始,你尖叫着醒了,从那个只是一个梦的地方。"(法国诗人、散文家伊夫·博纳富瓦)

❖ 孤立的、格言式的、非碎片化的句子趋向于发出回响,如同圣谕,能够获得借由唯一完整的自我而产生的意义的自我满足性。如果我们把我从维特根斯坦回忆录(记忆使其显得独特)中引用的这句话抽出来看:"哲学将会是一场借由语言之手段反对理性之狂喜(兴奋)的战斗",它以一种显而易见的方式击打:想要达到"纯粹"理性,并将它从某种语言——可能是"文学性的"甚至"哲学性的"魅惑中隔离开。但是如何指引这场战斗?再一次借由语言的工具,一旦我们拒绝了《逻辑哲学论》中的希望,因此,问题可能在于这是一场反对自身语言的斗争:除非我们在寻找一种正确或真实的语言,它的逻辑是简单的、沉默的,修复了辩证性的必要性的部分将决定理想理性,立刻被推上了被告席,仿佛它正带来一种被掩藏的暴力,审判的主宰,学问和权力的权力,而这一权力将语言缩减为一个中性场域,穿过这个中性场域,对真相的言说在没有变形的条件下被传递。确切地说,仿佛理性以不说为说,那些严格说来可以自我证实的部分,是在另一种非严格意义上的合理的意义之下,由此引发立刻停止的矛盾。即便我们预感到了中性在语言的无限中发挥作用,它也依然没有权力让语言的无限具有中性。除非在无限的条件下,它一般都是无法理解的,直到我们理解它的时候,永远准备作为将要落向一或者它借由一种撤退运动重复性保留的**他者**的否定性问题:同语言的无限性相互关联,任何全体性都不能封闭,当全体性被肯定,是在肯定之外,如同让我们有认识能力的否定的学问和用途。由此得出,不要谈论语言,如果不知道我们局限在某种学问之下,但是自并不确切地作为某个起点的语言开始,除非如同无法言说却属于它的苛究。

另外，维特根斯坦的句子不会被抹去，也许我们可以这么肯定，因为我想有人已经说了：思想的巨大勇气，是审慎的勇气，是不让自己因为悲怆、内心深处的狂喜或者基本的魅惑而陶醉——这是很重要的。然而，实现它的条件是保留另一种危险：对严格秩序的尝试，为了让哲学也变成一种用理性反对合理的斗争。

❖ "天空之蓝"，这句话最佳地体现了天空之空：作为天体庇护之外的撤退，以及神圣的自然的拒绝的灾异。

❖ 在被理解为挑衅性挑战的语言中信任，这种挑战将自己托付给我们，同时我们也将自己托付给它。

❖ 保守秘密，很显然是将把秘密像非秘密那般说出来，根据那些无法言说的。

❖ 孤立的格言式的句子之所以吸引人，是因为它彻底地肯定，仿佛不再有任何事物漂浮在它周围，在它之外说话。有讽喻效果的同时也是孤立的句子，说的同时也没有说，抹去它说的内容，同时也抹去它已经将它说出的事实，以模棱两可的方式创造价值。"就当我什么也没说吧。"第一种是标准化的；

第二种则相信能够逃过真实的幻觉,却开始了和真实相似的幻觉,相信被写下的内容能够被保存。碎片化的苛究暴露于两种类型的风险之中:简要无法满足它的要求,在一篇被预设已完成的话语边缘或者隐蔽之处,它借由片段在复返的幻影中反复重申,不知道它是否给它从中提取的事物新的保证。理解一下这句警告吧:"必须害怕,如同省略、碎片,这句'我几乎什么都没说,也立刻将它收回'增强了所有被保留的话语的控制力,提前检查了一切连续性和一切将要来到的补充部分。"(雅克·德里达)

❖ 永远在提问的问题:"乘法会回归到 2 吗?"一个回答:认为 2 只是对 1 的重复(双数单位),除非作为**他者**,第二种术语是无限倍增,或者对 1 的重复保持它仅仅是为了消除它(也许虚拟地)。因此,没有两种话语(discours):存在话语,也许也存在话一语(dis-cours),对于这种话一语,我们几乎一无所"知",除非它避开了系统、秩序和可能性,包括话语的可能性。当全体性被超越,也许是写作让它运作。

❖ 纳喀索斯看见的那本不应该被自己看见的倒影所依附的泉水并非是一面能够映射出独特且确定图像的镜子。他看见的图像,是在可见中看见不可见,是在图像中看见不可成像之物,在并未在场的再现中看见不稳定的未知,这种再现并不依赖于一个模型而存在:他没有名字的这种匿名性能且只能在一定距离之外维持。这是疯狂和死亡(但对于我们而言,为纳喀索斯命名的我们,向一分为二的同一那般建构它,也就是说,在它不知不觉之中,知道它,在同一之中隐藏**他者**,在生存的死亡之中:也许是秘密的核心——分裂,一次也没有发生——给予他一个没有我的分裂的自我,同时也取消他同他人的一切关系)。泉水的流动,同时让人看见某种清透的东西,某个人吸引人的倒影,清晰地使之浑浊,避免了纯粹可见的稳定宁静(我们能够拥有的)并带来了一切——被要求看的以及他以为他看见的——在掺杂着欲望和恐惧的情绪之中(这两个词隐藏了被隐藏的内容,一种一次也不会发生的死亡)。如果菲利普·拉古—拉巴特在他非常细致的思考之中,让我们回想起施勒格尔曾经说过的话:"所有诗人都是纳喀索斯",不能满足于肤浅地重新寻回浪漫主义的标志。对于浪漫主义而言,创造—诗歌是绝对的主观性,诗人让自己成为投射他自己的活着的主体,同样,他是这样一种诗人,将自己的生命以这样一种方式转变,将生命诗化,并在其中将他的纯粹主体性具象化。也许必须要用另一种方式来理解:在他所写的诗歌中,他无法认出自己,因为他对自己没有意识,被某种人文主义的肤浅希望所排斥。根据这种人文主义,书写或"创造",他以更清晰的意识转变了他所承受的黑暗经验的一部分:相反地,被所写的内容拒绝、排斥,甚至都没有在其中借由他的死亡本身的非在场让自己在场。他必须要拒绝自身(活着或死去)同一切属于从此以后属于**他者**或者将一直处于无归属状态之物的一切关系。诗人就是纳喀索斯,如果纳喀索斯是反纳喀索斯:从自身逆转,承载且支持逆转,展现了并未认出自己的那个时刻,留下没有发生之事的痕迹。

❖ 要记住的奥维德关于纳喀索斯的论述:"他因自己的眼而死。"(将自己视为神——这让人想起:那个亲眼看见神的人会死去)以及"不幸的人哪,因为你并非他者,因为你就是他者"。为什么是不幸的?不幸依赖于亲子关系的缺席,如同繁殖力的缺席,不育的孤儿,孤独的起伏的倒影。不是他者的他者。这允许了辩证性发展,或者相反的,在诗歌并未被排除在外的静止的严酷之中保持。

❖ 生却并未活着,如同死去却并无死亡:书写将我们抛向这些谜一般的句子。

❖ 也许是这种"隐蔽的"语言,不仅仅在它已经超出的"不可理论化"的全体性中,而且也如同隐匿的矿囊、洞穴一般的地点,而在这些地点中,语言化作物件,内部化作外部,如果从无法辨认这个意义上来说,解码对于在秘密中维持秘密是必需的。编码不再足够。翻译是无限的。但是,必须要找到能解开或解不开的一个关键词。某物从那里被挽救，那里解放了失去并拒绝了失去的馈赠。"我只能在将它放在'小我'之上时才能拯救意识中的判断，除了我，外在。"（德里达）有无限发展可能性的句子。但是当"小我"——我的他者得到了词语——物件之后，在其中埋入一个秘密，没有欢愉却享受其中，在恐惧之中，也在它将被泄露（在失却一部分时同另一个人分享）的希望中，和我们有关系的是一种石化的语言，这种语言甚至不再能被传递，它也许具有某种不可传递性。也许"欲望的语言"所趋向的方向，带着它那些拟态的动机，但这些动机的总和却是无动机的，它被奉献给如同无法破译的绝对的破译。诚然，由书写引发且承载的书写的欲望不会是通常意义的欲望，却在被隐藏或被诡诈地释放的欲望之多样性中被折射。"非专制"的效果（通过置换一词中字母的顺序得到的新单词、节奏、内在韵脚、字母的神奇游戏）让"最理性"的语言变成一个传染的过程，充满了不能说的内容，或者不属于他所说的内容，在秘密（被保守或者没有被好好保守的）之中说出无法理解的不恰当。

在对它没有欲求没有念想的条件下书写：在并非是无法欲求的或者是非自愿的简单复返之中，谁被隐藏？从中认出书写的耐烦直至最极端的被动性（这是任何一种自动写作都无法满足的）过于容易，仿佛在其中被承认，在碰撞中被解体；

死去的欲望,其一熄灭,又由另一在永恒中唤醒,而这种永恒仿佛骗过了时间,至少将时间改变,因此,灾异的不稳定性无法在衰退中枯竭。

❖ "保守秘密,在人们不会说出却假设可以将它说出的某个物件的特殊性之中。这没有任何不寻常之处。——但是已经和通常意义上的秘密相关联,和以下的事实(这并非是一个事实)相关联,那就是自忖秘密并未和要被说出的某物相联系,当一切都可能被说出的时候:关于一切的永远过分的**说**(首字母被光荣地大写)被说出了。——一切非表面展现在揭穿中被收回的,被隐藏的部分:一线光中的灰暗或者真相本身的谬误。——在绝对学问之后的非学问,不再让这个"之后"被思考。——除非在这个将一切从前像一切以后那般"去除意义",并使之同现在解除勾连,将其置于变得不可指定的复返中的"必须"之下。——秘密消失了,它从来都不是有限的,它变得无限。在秘密中隐藏的,是被隐藏的必要性。——没有任何秘密,任何一个地方都没有,这就是它永远在说的内容。——别将它说出来,既然,接着"有"和"什么都没有"这两个短语,谜团继续起支配作用,制止了安定和休整。——秘密的策略,要么是被揭开,被变得如此可见以至于它无法被看见(因而如同秘密一般熄灭),要么是让别人明白,秘密只在缺失一切秘密或者秘密的一切外在之时才是秘密。——秘密并未和一个"我"相连,而是和不能被我们称之为跨主体空间的曲率相连,既然我这个主体和**他者**相连,当**他者**不是主体之时,在差异的整体之中:没有群体;交流的非共通性。——"他从此之后生活在秘密之中了:这个让人尴尬的句子由此被澄清了?——仿佛这句话'对于他而言死亡将在生命中完成'被说出了。——将这句也许只意味着沉默的话留在了沉默中。"

❖ 我质问这句不容忽略也不能轻慢的断言:"反叛的伦理同一切至善的经典话语是对立的,如同和一切道德的非道德的预设相对立,关于它所构建、保护、设置的,一个空洞之所,让另外一种历史来到。"[居伊·拉赫多(Guy Lardreau)、克里斯蒂安·让贝(Christian Jambet)]第一个评论:反抗,是的,正如时间转折点的苛究,耐烦的极致是和责任的极致相勾连的,但是我们不能将反抗同造反相类比。造反不过是重新引入战争,即为了争取控制权和统治权的斗争。但这并不意味着不能借由控制者控制的方式来反抗它,但是同时,有必要求助而不求救于"无限倍增的扭曲",在这一扭曲中,控制和欲望,在它们所施行的绝对统治之下,不知不觉中(确切地说是因为它们知道一切,只知道一切)和另一种永远不会幻化为一的多重性碰撞。那关于另样的历史又有何新特点呢,如果它的特点在于它并非历史,既不是从历史(Historie)的角度,也并非是从历史学(Geschichte,包含了聚合的意义)的角度,并且没有任何自现在偶然发生的事情,也没有任何一个事件或突然降临可以度量它或者赋予它节奏,对于永远保持线性的连续性是它异的。即便当这种连续性是混乱曲折且辩证的时候,它是一种多元性的延展,这种多元性既不是世界的多元性,也不是数字的多元性:多余的历史,"秘密的"、分开的历史,它预设了可见历史的终结,而当它取消了一切开始和结束这样的概念时:永远和一个苛求一切尽知的乌托邦的陌异相互关联,因为它超出了乌托邦的范围——和超越理性之外的非理性并不相连,甚至也不和与理性相对的无理性相连:也许是通过"去除意义"这一艰涩工作中复返至"另"样的意义。另样历史可能是一种虚构的历史,它并不意味着某种纯粹虚无,但却永远呼唤非场域的空洞,缺失自身的那种缺失:无法相信,因为相对于一切信仰,它是缺失的。

❖ 可记忆的:(比如)谈一谈维特根斯坦,便是谈一谈某个我们不认识的人,某个作为哲学家的人,而他并不想成为哲学家,不想成名,尽管不愿意,但他也出了书,而我们出版的他的大部分作品是一些被曲解的出版物。因此,也许,他的很多疑问都是碎片化的,向碎片化开放。我们不能把它变为一个破坏者。而问询的人永远都会走得更远,颠覆的思想的简单性,永远属于对思想的尊重,在对煽情的拒绝之中。如果他留给别人的印象是和哲学史相分离的,那么他也让我们预知他不仅仅是一个孤立者——没有人可以是,并且在我们只能称之为思想的事物中存在这样一种非历史性的历史。

❖ 等待的人,确切地说并非是在等你。而正是因此你却被等待,但是并不是用声音:非被呼唤。

❖ 为什么是一神?为什么一在某种程度上来说高于神,高于有称谓的神?一并非是一个数字,"一"和"多"并不对立:一神论和多神论,这二者并无区别。零,也并非数字,也并非数字的缺席,更不是一个概念。也许"一"注定要保护"神"不受任何修饰语的侵犯,注定要由"好"尤其是"神性"开始。一准许最小限度的联合,且带着无限的遥远,以更强烈的理性允许溯流而上和神秘主义的混淆。没有单位的"一"的严格性和不可能性甚至不能允许它将超验作为目标。一没有水平线,意义的水平线。一甚至并非是唯一的,也更不是独特的。思想的魔力来自将一归属于一切辩证性,如同归属于思想的一切运动的事物。思考,是朝向严格地避开思想的一的思想踽踽独行,无论是什么思想,朝向一就会被转向,如同在地球两级的时候,指南针的指针将失去作用——转动?应该是逆转吧。不会因时效获得任何事物的一的严格性,揭示了**法则**中的高于一切时效的不受时效控制的部分,它的位置是如此之高,以至于它和它所表现出来的高度并不相符。借由高于一切辩护（这些辩护是否合理并不重要），且我们趋向于承认的这种至高主权，法则放低了一，一既不高也不低，既非唯一，也非次要，它承认一切使它保持完整的平等性：**同一，简单，在场**。但我们也可以这么说，一能更有效地命令所有对立的概念，而只有为了在违抗本身中认可一之时，这些概念才是和它对立的。当我们感受到连贯性思考的必要性时，或者当我们因为无法统一我们的学问而感到不适时，这是否仅仅是因为庸常的统一性或者这并非是由于一种为了没有参考的一而被遗忘的敬重而造成的，正如我们每次在翻译中（伦理范畴抑或不适）找到它时所感受的，也正如**超我**，即超验的"我"？如果我们可以抵制一，将会发生什么呢？如何才能抵制一？也许是通过诉说，借由某种言语。这也许是灾异的斗争。这也曾在某种意义上是卡夫卡的斗争，为了一反对一的斗争？

❖ 荷尔德林："在人类中，病态的欲望从何而来，这欲望只有一，且只来自一。"

❖ 被动性的斗争，在极端耐烦中被取消的斗争，中性无法点明的斗争。为了不为斗争命名的斗争。在参考之外的物质或者无从想象的真实，如同在参考之外的一——它构成了无效的二元性，因为如何进入到一种计划之中，即进入某种话语的差异之中，而这种差异同时被给出如同它的无条件或者它的预先中断？

❖ 卡夫卡给予我们的、我们未曾收到的馈赠，是一种借由文学发起的为了文学的斗争，一种同时没有目标的斗争，这种斗争同我们所认识的以这个名词命名的斗争是如此不同，同以其他就连未知都不能使其变得可感的名词命名的斗争也是如此不同，因为对我们而言，它既熟悉又陌生。"作家巴托尔比"属于同一场斗争，在并非拒绝的简洁之中。

❖ "承认文学对人类的作用——这也许是西方文明中的终极智慧，在这一智慧中，圣经的民族将会相互承认。"（列维纳斯）

❖ 在《城堡》的最后，K被某些评论者预言会变疯，这是很怪异的。从故事开始，理性—非理性就在讨论范围之外，他所做的一切愈发不合乎理性，却又是绝对需要去做的，即公正的且正当的。同样，他死去（下地狱还是被救赎，这几乎是无关紧要的）看似是不可能发生的，不仅仅因为他的斗争没有借由生存或死去的词汇来描述，并且也因为他过于疲惫而无法死去（他的疲惫，是他唯一和文本一起被强调的特征）；以至于他的死亡的降临很难不会在没完没了的不降临中被改变。

❖ 犹太教的救世主降临说(在某些注释者的评论中)让我们预感到"事件"同"不降临"之间的关联。如果弥赛亚站在罗马城门外,同乞丐和麻风病患者站在一起,我们可以相信隐匿身份可以保护他,或者阻止他的到来,但是确切地说,他被认了出来;某个人被问询的欲望困扰多时,向他提问:"你什么时候会来?"在那里这个事实并不代表他已经来到。站在那里的弥赛亚的身边永远有这样的呼唤:"来吧,来吧。"他的在场并不是一个保障。未来或者过去(至少有一次,弥赛亚已经到来这句话被说了出来。)他的到来和他的在场并不相符。仅仅有呼唤也不足够;这是有条件的——人们的努力、他们的道德、他们的后悔——这是已知的;当然也有一部分是不知道的。如果发展到这个问题了:"你什么时候来?"弥赛亚回答:"今天。"确定的回答让人印象深刻:此刻就是今天了。此刻便是此刻且永远是此刻。没有什么可以等待,即便等待是一个义务。那什么时候才是现在呢?一个并不属于通常意义上的时间的现在,将会颠覆时间,不会维持时间,只会解构时间,尤其当我们回忆起这个文本之外来自严格杜撰的故事中的"现在",求助于那些能使之重新取决于可实现的——不可实现的条件的文本;"现在,只要你注意一下我,或者如果你能听我的声音。"最后,不同于基督教中的三位一体的神,弥赛亚并不具有任何神性:他是一个安慰者,公正者中最公正的人,甚至不能确定他是否是一个人,一个独特的人。当一位评论者说道:

也许是我,他并未因此感到狂喜,每个人都可以并且应该成为他,每个人可以不是他。因为如果用黑格尔式的语言谈论弥赛亚的话就是不恰当的:"绝对的外在性的绝对的内在性。"尤其当弥赛亚降临并不意味着历史的终结,或是任何人都无法预言到的更远未来的取消,这样我们可以在神秘的文本中读到:"所有的先知——没有一个例外——都只预言到了弥赛亚的时间。关于未来,哪只眼睛又能看见它,除了你之外,主啊,为那些对你忠诚并一直等待你的人而行动吧。"(列维纳斯和肖勒姆)

❖ 为什么基督教需要弥赛亚作为上帝?这么说也许不足以解释:因为不耐烦。但是我们将那些历史人物神化,的确是由于某个不耐烦的遁词。但是为什么会想到弥赛亚呢?为什么在公正中有完成的必要性呢?为什么我们无法支持、无法欲想那些没有结局的人呢?弥赛亚带来的希望——是希望同时也是恐惧——成为一种必要,当历史策略性地只以专制的混沌示人之时,也是一个被剥夺了意义的过程。但是如果政治理性变成了救世主式的,这种混淆,从对理性(可理解的)历史的追寻之中抽回它的严肃性,正如从救世主降临说的苛究之中(道德的完善)只是验证了一段非常令人恐慌、非常危险的时间,一切求助看似都是正当的:当奥斯维辛集中营发生之时,我们能否保持距离?如何说:奥斯维辛集中营已经发生了？

❖ 德语里说"最后的审判"的短语是：最年轻的一天，是超越每一天的一天，并不是审判被保留到了时间的尽头；而是相反，公正不会等待，每一刻，它都在完成、在回归、也在沉思（学习）；每个正确的行为（有这样的行为吗？）让这一天变成了最后一天——正如卡夫卡所说——一切的最后，不再置于每一天庸常的后续之中，但是最庸常的庸常造就了非比寻常。那些和集中营同时代的人永远成了一位幸存者：死亡不会令他死去。

❖ 规则对法则的置换在现代看来是一种尝试，不仅仅是为了揭穿和禁令相连的权力的真相，也是为了解放一的思想，同时在习俗中推举不和技术相关的各种可能性的多重性。但是，在法则的名义之下，永远都有一种模棱两可：神圣的、统治性的，它依靠自然，并在血液的魔力中狂喜，它并非权力，而是完全的威力——只有它存在。它所反对的空无一物，并非人道主义，只是一些神话、一些怪物、一些魔力。犹太教的法则是圣人的而非神圣的：它代替了自然法则，在这自然法则中，它并未加入罪、关联、决定、书面形式的命令，即殷勤的话语；它也代替了种族和伦理。仪式是宗教性质的；这些一时并不能够改变日常的宗教情感，总是通过将它和时间、服务和记忆与历史预期的欢愉、白日之下的皆大欢喜的细致网络相关联，以伺机减弱这种没有历史性的时间中的情感。只剩下审判。审判被抛向更高处：上帝，唯一的审判者；即重新回到**一**。被解放的**一**，在并不来自它所统治之下的天空中的事物，不来自用于度量的度量单位，也不来自能够把它降低到唯一可思考的事物的思想。由此产生在缺席中解体的尝试或者复返至更让人发抖而非更多被施行的、属于着迷的礼节性的阅读，而非研究性的**法则**的毫不容情。圣保罗想要将我们从**法则**中解救出来：**法则**进入了神圣的正剧、神圣的悲剧和产生自死亡并与之无法分离的生命。

❖ 那些戒律——戒律的平庸性——也许是自法则中解放，它用空间的多重限制代替了时间的不可见的庄严；同样，符合规则的部分取消了权力所引发的后果，永远都是第一位，以法则的名义，还有那些使法则效果成倍的权利。但是建立了技术的统治，这里的技术是指对纯粹学问的肯定赋予一切，控制一切，将一切行为纳入其管理之下，以至于不再有解放的可能性，既然我们不能再提起压制。卡夫卡的审判也许被解读为三重统治的混乱状况（法则、戒律以及规则）：这种解读并不充分。如果是为了使之得到承认，就必须要预设一种不属于另外三种统治的第四种统治：即文学本身的突出位置。当文学拒绝这种有优先权的观测位置时，同时不让另外一种秩序或者任何一种秩序(纯粹智性)决定自身,在这种秩序下文学将可能被象征化。

❖ 在《巴特尔比》中,谜题来自"纯粹"写作,而这种写作只能是被动性的复制(再书写),这种活动消失在被动性中,并且难以察觉却迅疾地从普通的被动性(再生产)过渡到超越一切被动性之外:如此被动的生命,有着死去被隐藏的庄重,它并没有死亡作为出口,也不把死亡当作一个出口。巴特尔比复制;他不停地写,不能停下来以委身于某种看起来像控制的事物。我更倾向于不(做它)。这句话在我们夜晚的私密性中说话:否定的偏好,抹除偏好、并在偏好中被抹除的否定,无所作为的中性,滞留,不能被称为固执的温柔,用几个词挫败了顽固;语言在不朽中闭嘴。

❖ 学习带着痛苦思考。

❖ 思考看似是即时的(我思故我在),但是它却和研究相关联,必须为了思考而早起,必须要思考,并永远不确定在思考,我们并不是那么清醒:超越清醒之外的警觉,警惕是不眠的夜晚。痛苦拆解,却并非以一种可见的方式(引人入胜的拆散或者分离):以一种沉默的方式,让言语之后的词语缄口不言。永恒的痛苦,失去的,忘却的。它并不会让思想变得痛苦。它并不会被营救。消失的天空大地，被彼此吞没的白天黑夜留给那不再看的人和那因必然回归而不再出发的人，那不可凝视的脸庞上绽放的沉思的微笑。

❖ 写下的话语：我们不再依赖它而活，并不是因为它宣称"昨天是终点"，而因为它是我们的不同意见，不牢固的词语的馈赠。

❖ 分享永恒是为了让它变得转瞬即逝。

❖ 还要说的话。

❖ 发光的孤独，天空的空洞，被延迟的死亡：灾异。

图书在版编目(CIP)数据

灾异的书写 /(法)莫里斯·布朗肖著；魏舒译.
—南京：南京大学出版社，2016.9(2023.3 重印)
(布朗肖作品集)
ISBN 978-7-305-17335-6

Ⅰ.①灾… Ⅱ.①莫… ②魏… Ⅲ.①随笔-作品集-法国-现代 Ⅳ.①I565.65

中国版本图书馆 CIP 数据核字(2016)第 173891 号

L'Écriture du désastre
de Maurice Blanchot
Copyright © Editions GALLIMARD, Paris, 1980.
Simplified Chinese translation rights © 2016 NJUP
All rights reserved

江苏省版权局著作权合同登记　图字:10-2011-134 号

出版发行	南京大学出版社
社　　址	南京市汉口路 22 号　　邮　编 210093
出版人	金鑫荣
丛书名	布朗肖作品集
书　　名	**灾异的书写**
著　者	(法)莫里斯·布朗肖
译　者	魏　舒
校　译	吴　博
责任编辑	沈卫娟　张　琦
照　排	南京紫藤制版印务中心
印　刷	南京爱德印刷有限公司
开　本	850×1092　1/32　印张 6　字数 106 千
版　次	2016 年 9 月第 1 版　2023 年 3 月第 3 次印刷
ISBN	978-7-305-17335-6
定　价	42.00 元

网　　址：http://www.njupco.com
官方微博：http://weibo.com/njupco
官方微信：njupress
销售咨询：(025)83594756

* 版权所有，侵权必究
* 凡购买南大版图书，如有印装质量问题，请与所购
　图书销售部门联系调换